# SAINT ANTOINE

## DE PADOUE

### SA VIE ET SES MIRACLES

PAR

JOSEPH BOUCARD

TOURS

ALFRED MAME ET FILS

ÉDITEURS

# SAINT ANTOINE DE PADOUE

8ᵉ SÉRIE IN-12

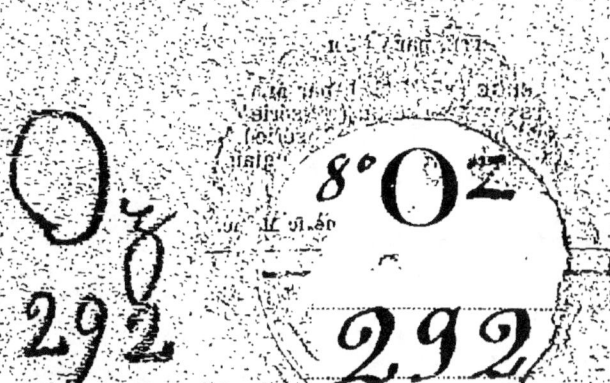

Saint Antoine et Ezzelino.

# SAINT ANTOINE

## DE PADOUE

### SA VIE ET SES MIRACLES

PAR

JOSEPH BOUCARD

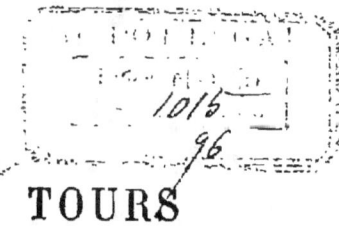

## TOURS

ALFRED MAME ET FILS, ÉDITEURS

—

1896

# DÉDICACE

---

Je dédie ce livre à tous ceux qui ont perdu quelque objet et surtout la voie qui conduit à Dieu.

Qu'ils prient saint Antoine de Padoue, il les leur fera retrouver.

Quant à moi, j'adresse mes plus ardentes supplications au grand saint de l'univers, pour qu'il me fasse retrouver, dans ce monde ou dans l'autre, ceux des miens ou de mes amis que j'ai perdus ou qui sont égarés. J'en aurai une grande joie, car j'ai un grand amour pour eux.

Joseph BOUCARD.

# SAINT ANTOINE

## DE PADOUE

---

## I

### POURQUOI CE LIVRE ?

Dans une récente allocution, Sa Sainteté Léon XIII a dit que saint Antoine de Padoue est le grand saint, non seulement de l'Italie, mais encore de l'univers catholique tout entier. Nous ajouterons, nous, qu'il est particulièrement un des grands saints de France.

Plusieurs raisons nous incitent à publier sa vie.

La première, c'est que nous sommes

heureux de célébrer le centenaire de sa naissance. En effet, l'illustre thaumaturge naquit en 1195.

C'est une pensée louable et principalement salutaire de faire revivre à la mémoire de ses contemporains les grands faits de l'histoire et de rappeler les noms de ceux qui ont illustré l'humanité, soit par des faits glorieux, soit et surtout par leur sainteté et les services qu'ils ont rendus à l'Église de Jésus-Christ.

Notre regret est de n'avoir à notre disposition que le modeste moyen que nous employons aujourd'hui pour fêter le septième centenaire de la naissance du saint que le séraphique saint François d'Assise appelait « son évêque ».

C'est un tout petit édicule que nous élevons à sa gloire.

Nous espérons fermement que saint Antoine prendra moins en considération l'importance extérieure du témoignage que l'intention qui nous guide et les sen-

timents de respect et d'admiration dont
nous sommes animé envers lui.

La seconde raison qui nous fait publier
ce livre, c'est qu'il répond, croyons-nous,
à une aspiration générale et on peut dire
universelle, et, de plus, aux besoins des
temps actuels.

En effet, un grand réveil de dévotion à
*saint Antoine de Padoue* se produit, non
seulement en Italie, mais chez tous les
catholiques de l'univers.

La raison de cette manifestation s'ex-
plique très bien et nous paraît toute naturelle.

Comme le fait remarquer le révérend
Père At, et nous sommes là-dessus en
plein accord avec lui, il y a une grande
analogie entre les temps où vivait saint
Antoine et les temps actuels. Pour faire
ressortir cette similitude de situation entre
les deux époques, nous ne saurions mieux
dire que le pieux religieux; nous lui don-
nons donc la parole.

Voici comment s'exprime le révérend
Père At :

« A part les éminentes qualités que saint
Antoine déploya dans le cours de son
apostolat, il exerça le ministère de la parole dans des circonstances qui donnent à
son histoire un intérêt de plus. Il assista
à la décadence de la féodalité, dont la
vigoureuse organisation résista encore des
siècles aux assauts que lui livrait l'esprit
moderne, mais qui ne recouvra jamais
son ancienne puissance.

« Il y a dans l'humanité des transfor-
mations fatales que rien n'arrête. Il fut
mêlé au réveil des communes, qui reven-
diquaient des droits trop longtemps mé-
connus.

« Ce mouvement, légitime en lui-même,
et qui produisit d'heureux résultats, fut
gâté par les inévitables violences qui
accompagnent toujours les changements
de régime. C'était d'ailleurs un mouvement
des masses. Or les masses ne se remuent

pas comme de purs esprits : on les entend, et surtout on les sent.

« Saint Antoine ne contribua pas médio-
crement à contenir dans les limites de la
justice et de la charité une démocratie
turbulente dont les défauts naturels étaient
d'autant plus redoutables qu'elle était plus
près de son berceau.

« Aujourd'hui nous aimons l'actualité,
nous la cherchons jusque dans le passé,
avec le secret désir d'y trouver la justifi-
cation des idées qui nous sont quelque-
fois trop chères, parce qu'elles ne sont pas
suffisamment exactes.

« Le rapprochement que j'établis ici,
entre le xiiie siècle et le nôtre, est appuyé
sur les faits : j'en veux le bénéfice[1].

« Saint Antoine apprendra à notre pays
tourmenté ce que c'est qu'une démocratie
chrétienne, et au clergé qui travaille à
régler la liberté par quels moyens on peut

---

[1] Rien de plus équitable, voilà pourquoi nous fai-
sons une citation textuelle. (*Note de l'auteur.*)

prévenir les écarts ou en guérir les excès.

« Puisque j'en suis à signaler les analogies que présentent ces deux époques, continue le pieux religieux, n'oublions pas que saint Antoine eut affaire aux sociétés secrètes qui étaient alors la forme la plus redoutable de l'hérésie manichéenne. Il avait à réfuter les doctrines perverses qu'elles répandaient dans le peuple. Il devait ensuite échapper aux pièges qu'elles lui tendaient, et dont, plus d'une fois, il faillit être victime.

« De nos jours, la franc-maçonnnerie est le péril social. Elle est l'incarnation la plus parfaite de la Révolution. C'est elle qui bouillonne comme un volcan sous nos pieds, c'est elle qui fait irruption par les calamités périodiques qui nous épouvantent. La franc-maçonnerie descend en droite ligne du manichéisme. Dans la lutte cruelle que nous soutenons contre elle, saint Antoine pourra nous servir de patron. »

Comme il est facile de le constater, pour peu qu'on veuille y réfléchir, on doit voir que Dieu veille sur son Église pour la protéger contre ses ennemis et conserver l'intégrité de ses dogmes; il réalise ainsi la promesse qu'il a faite à ses apôtres en les quittant : « Je serai, leur a-t-il dit, avec vous jusqu'à la consommation des siècles. » Mais il ne borne pas à son Église sa sollicitude paternelle, il exerce avec non moins de soins sa vigilance sur les nations et sur les peuples. Nous, Français, nous sommes les premiers objets de cette haute et divine sollicitude, nous sommes particulièrement privilégiés de Dieu. Nous pouvons le constater en parcourant les pages de notre histoire nationale. Pour cette raison, nous ferions acte de la plus coupable ingratitude si nous n'élevions pas nos cœurs et nos pensées jusqu'à Dieu pour le remercier et lui exprimer notre reconnaissance.

Comme on le verra dans le cours du

récit de sa vie que nous allons faire, la
vertu caractéristique de saint Antoine de
Padoue est le zèle le plus ardent pour la
gloire de Dieu, le triomphe de l'Église et
la conversion des hérétiques. Partout où
il y a des ennemis de l'Église, il accourt
avec un empressement qui provoque l'é-
tonnement et la surprise ; par son éloquence aussi brillante que persuasive, il
confond ses contradicteurs sans les humi-
lier et les ramène à l'Église par la persua-
sion, quand ils sont de bonne foi. Quand,
au contraire, ils se cantonnent par orgueil
dans l'obstination, il emploie les grands
moyens qu'il demande à Dieu, il subjugue
ses adversaires par un miracle éclatant,
comme à Bourges et en bien d'autres villes.

Tout en étant d'origine illustre, puis-
qu'il appartient à la haute et noble famille
de Godefroy de Bouillon, saint Antoine
de Padoue est par excellence le saint pri-
vilégié du peuple et le plus populaire de
tous les saints. Pourquoi ?

Parce que, durant sa vie apostolique, il a surtout prodigué ses soins spirituels aux humbles; il s'adressait surtout à eux, il parlait leur langage, il prêchait même dans leur idiome, car Dieu lui avait donné, outre l'éloquence, le don des langues.

Pour l'entendre, la foule se précipitait; alors, les églises devenant trop petites pour les contenir, le grand thaumaturge prêchait sur les places publiques. Plusieurs milliers de personnes de tous rangs et de toutes conditions se pressaient autour de lui; elles semblaient suspendues à ses lèvres pour l'entendre, et sa voix puissante et forte arrivait jusqu'aux plus éloignés de ses auditeurs.

Après ses prédications, toute cette foule se précipitait pour arriver jusqu'au saint, pour lui serrer la main, toucher ses vêtements. Un grand nombre même parvenaient à couper un morceau de sa robe, pour avoir une relique de lui.

C'est ainsi qu'il parcourut plusieurs

provinces et plusieurs villes de l'Italie, où sa réputation était immense.

C'est ainsi également qu'il évangélisa la France pour combattre l'erreur des manichéens, qui ravageaient les terres catholiques du Languedoc. Montpellier, Toulouse, Apt et bien d'autres villes étaient infestées du fléau hérétique. Partout le saint accourait, et, brandissant sa logique de fer comme une massue, il assommait, il terrassait son adversaire. Du Puy-en-Velay et de Limoges ensuite, où il eut sa résidence habituelle, pendant trois ans, il se porta avec une prodigieuse activité sur tous les points où l'hydre de l'erreur manichéenne dressait la tête. Il laissa en France des traces nombreuses de son passage, et le souvenir de son apostolat dura pendant des siècles.

Cependant on eut lieu de craindre que cette mémoire si précieuse et si belle ne disparût à tout jamais, lorsque, il y a quelques années, un réveil de dévotion à

ce grand saint s'est produit, nous dirons
comment dans notre récit. Cette dévotion
prit un développement très important, et
aujourd'hui un grand nombre de catholiques invoquent saint Antoine de Padoue;
ils demandent son intercession auprès de
Dieu. Quand ils ont une grâce spirituelle
à demander, ils s'adressent au grand
thaumaturge pour l'obtenir. Quand ils
ont une demande à faire pour leur bien
temporel, un succès dans une affaire importante à obtenir, ou un malheur à con-
jurer ou à éviter, c'est encore à saint
Antoine de Padoue qu'ils s'adressent.
Chose très touchante par sa primitive
simplicité et qui fait sourire de pitié les
fortes têtes du scepticisme et de l'incré-
dulité, le peuple a une grande foi dans
la puissance de saint Antoine de Padoue
pour faire retrouver les objets perdus ou
égarés.

Cette manifestation populaire, qui est
très généralement répandue, donne mieux

que ne pourrait le faire la plus convain-
cante démonstration le caractère vrai du
rôle que saint Antoine a rempli pour la
gloire de Dieu pendant sa vie mortelle, et
la puissance particulière que Dieu lui a
départie pour venir, même après sa mort,
au secours des humbles et des faibles.

Nous ne pouvons mieux terminer ce
chapitre préliminaire qu'en redisant une
fois de plus la parole de Sa Sainteté le
pape Léon XIII, que nous avons rappelée
dès le début :

« Saint Antoine de Padoue, il faut
l'aimer et l'honorer, car c'est le grand
saint, non seulement de l'Italie, mais
aussi de l'univers catholique tout entier. »

## II

A la fin du XII<sup>e</sup> siècle, les Maures furent enfin chassés du Portugal, qui recouvra son indépendance. Heureux de ce résultat considérable obtenu grâce au secours de Dieu, le roi Alphonse I<sup>er</sup>, en reconnaissance, fit hommage de ses États à l'Église en les plaçant sous le protectorat du pape. Un grand esprit religieux régnait dans toute la région, et chacun se réjouissait d'avoir vu enfin les musulmans chassés par la vaillante épée d'Alphonse I<sup>er</sup>, fortement aidé par le sabre non moins vaillant de Louis VIII, roi de France.

A cette époque de délivrance, à Lisbonne, ville importante qui ne tarda pas à être la capitale du royaume de Portugal, vivait une famille très illustre et profondément chrétienne. Le chef de cette famille s'appelait le comte Henri de Bouillon, et sa femme Marie-Thérèse Tavera, d'illustre origine également. Le comte Henri de Bouillon était fils et héritier du nom et de la fortune de Vincent de Bouillon, homme fameux par ses exploits militaires, qui ajoutèrent un lustre de plus à l'éclat de son nom.

Vincent de Bouillon était sinon le frère, tout au moins le très proche parent du célèbre chevalier français Godefroy de Bouillon, dont l'histoire honore le nom et proclame la valeur.

Henri de Bouillon et sa femme Marie-Thérèse Tavera, au jour de leur mariage, étaient l'un et l'autre presque à l'éclosion du printemps de la vie. Tous deux doués largement des dons de la nature, de l'intelligence et de la fortune, ils avaient l'un pour l'autre un grand amour basé sur l'estime mutuelle. Leur union fut féconde, car dans peu d'années ils eurent quatre enfants, deux garçons et deux filles. Celui qui fut saint Antoine de Padoue, et qui s'appelait Fernando de Bouillon, vint le premier au monde, le 15 août 1195.

A la naissance de ce premier-né, les chroniques du temps rapportent qu'il y eut grande joie, non seulement au château, mais encore dans la ville de Lisbonne, où le comte Henri jouissait de l'estime de tous. Deux filles vinrent ensuite augmenter la famille : l'une fut appelée doña Maria, et l'autre reçut le nom de doña Feliciana.

Doña Maria se consacra à Dieu. Elle prit l'habit et se soumit à la règle des chanoinesses régulières au couvent de Saint-Michel, et elle y mourut. Une pieuse légende rapporte qu'au moment où elle allait passer de ce monde dans l'autre, son frère, saint Antoine, en compagnie de son séraphique patriarche saint François d'Assise, lui apparut pour la bénir, lui fermer les yeux du corps et l'accompagner dans le paradis. Doña Feliciana se maria, eut des enfants; nous la retrouverons plus avant dans le cours de ce récit.

Marie-Thérèse Tavera nourrit son premier-né de son lait. Le jeune Fernando puisa dans le sein de sa mère la nourriture du corps et en même temps celle de l'âme. La jeune mère était une ardente chrétienne, qui avait pour la sainte Vierge une grande dévotion et un grand amour. Elle communiqua tout naturellement ses sentiments à son fils. Aussi Fernando fut-il toute sa vie un dévoué serviteur de la Reine du ciel, qu'il appelait toujours, qu'il invoquait souvent en s'écriant avec extase :

*O gloriosa Domina!*

C'est sous l'aile maternelle et sous l'œil

de la glorieuse Mère de Dieu que le jeune Fernando grandissait. Il était doué de toutes les vertus, qui se développèrent rapidement. A cinq ans, chose prodigieuse, il avait presque la maturité d'un homme et l'énergie virile qui caractérise les natures d'élite. Il demanda à ses parents l'autorisation de faire vœu de chasteté. Par prudence, le père et la mère, sans rejeter formellement la demande de leur fils, retardèrent l'autorisation qu'il sollicitait. Comme à un grand jeune homme, ils lui exposèrent la gravité de sa demande et ce à quoi il s'engageait en contractant un vœu de cette nature. Le jeune Fernando écouta les observations paternelles avec une respectueuse attention. Quelques jours après il renouvela sérieusement sa demande, déclarant, avec une fermeté au-dessus de son âge, qu'il avait bien réfléchi à tout ce que son père et sa mère lui avaient dit et qu'il était malgré tout désireux de contracter ce vœu.

1*

Les parents cédèrent à ses instances, et en leur présence, devant une image de la Madone, Fernando de Bouillon, enfant de cinq ans, fit vœu de virginité, et Dieu lui donna les moyens et les grâces nécessaires pour tenir ses engagements. Il n'y manqua jamais.

A dix ans, le jeune Fernando était d'une précocité intellectuelle extraordinaire, qui se reflétait sur sa physionomie. C'était un enfant charmant, tant au physique qu'au moral. Ses parents comprirent que le moment était venu de cultiver les hautes qualités de leur fils.

A cette époque, les monastères et les églises répandaient autant que possible l'instruction. Les grandes familles s'empressaient d'y envoyer leurs enfants. A la cathédrale de Lisbonne, il y avait une maîtrise dont les professeurs étaient remarquables par leur science autant que par leurs vertus. Le jeune Fernando en suivit les cours depuis l'âge de dix ans

jusqu'à sa quinzième année; il s'y fit remarquer par son assiduité, son intelligence et une prodigieuse facilité d'assimi-
lation dans les différentes matières qui
lui étaient enseignées. Il n'était jamais plus
heureux que lorsqu'il servait la messe, et
c'était un non moins grand bonheur pour
lui de chanter au chœur; sa voix était
ravissante.

C'est à cette époque qu'il faut placer le
premier miracle que Dieu lui accorda en
récompense de sa piété envers lui.

Le saint jeune homme était à l'église
de Notre-Dame del Pilar. A genoux sur
les marches de l'autel, il contemplait le
saint tabernacle; il semblait en extase.
Tout à coup l'esprit du mal lui apparut et
chercha à lui faire peur, par un aspect
horrible d'abord et ensuite par des me-
naces. Le jeune Fernando, qui se savait
près de Dieu, n'éprouva aucune crainte
à cette vue. Il se contenta d'invoquer le
secours de Dieu et de dessiner avec son

pouce une croix sur la marche où se tenait l'esprit infernal. Tout aussitôt le monstre disparut. Cette croix, tracée par le pouce de cet enfant de Dieu, resta gravée dans la pierre. On peut encore la voir aujourd'hui dans la même église et au même autel. Elle est l'objet de la vénération des fidèles.

Cette tentative de l'esprit du mal pour le détourner de Dieu provoqua chez le jeune Fernando de sérieuses réflexions. Il se souvint de l'engagement qu'il avait contracté avec la sainte Vierge et du vœu qu'il avait fait devant sa sainte image. Il comprit que, dans le monde, sa vertu qu'il voulait conserver courrait un trop grand danger. De lui-même il renonça à toutes les séductions terrestres; il alla frapper à la porte de l'abbaye de Saint-Vincent, et demanda à parler au supérieur. Il sollicita de lui l'honneur d'être admis comme novice dans sa communauté. Il y fut attiré par la grande réputation de vertu et de science qui distinguait cette maison.

Les chroniqueurs de l'époque qui rapportent tous ces faits sont absolument muets sur ce qui se passa entre les parents et le saint jeune homme au moment de son entrée dans la vie religieuse. Ils se contentent de dire que le jeune novice revêtit l'habit religieux peu de temps après, en présence de son père et de sa mère. Ceci est la meilleure preuve de la soumission de ces deux pieux époux à la volonté de Dieu.

Ce que voulait surtout le jeune religieux, c'était d'être complètement soustrait au monde, pour ne pas être exposé même à en entrevoir les séductions. Or le couvent où il faisait ses premiers pas dans la vie religieuse était situé presque aux portes de Lisbonne. Ses parents, ses amis lui faisaient de fréquentes visites. Il vit là un danger pour sa vocation religieuse. En se laissant aller aux douceurs des entretiens avec la famille, il redoutait l'énervement, et les conversations avec des amis qui ne lui parlaient que de leurs plaisirs lui faisaient craindre de regretter un jour de s'être donné à Dieu. Pour couper court à tout et pour se soustraire à ces visites dissolvantes, il demanda à son supérieur d'être envoyé au monastère de Sainte-Croix de Coïmbre.

Tout d'abord le supérieur refusa de satisfaire à cette demande, car il était particulièrement heureux d'avoir dans son monastère un religieux si distingué par sa vertu, par son intelligence et ses talents oratoires.

Le jeune religieux conçut beaucoup de chagrin de ce refus. Il renouvela plusieurs fois sa demande, et il en expliqua humblement les motifs. Devant cette insistance, le supérieur finit par lui accorder le transfert qu'il demandait.

Au comble de ses vœux, don Fernando partit donc, sans faire ses adieux à personne, pour le monastère de Sainte-Croix de Coïmbre, et il s'y abrita avec d'autant plus de joie que là était le berceau de l'ordre.

Mais ce ne fut pas pour longtemps, comme nous allons le voir bientôt.

# III

LE PÈRE ANTOINE

FRÈRE MINEUR DE SAINT-FRANÇOIS-D'ASSISE

Arrivé au monastère de Sainte-Croix, don Fernando s'appliqua plus que jamais, si c'est possible, aux pratiques de la vie monacale. Il en observait les règles, il en suivait les exercices avec une ardeur d'ange; car dans sa pensée, chaque fois qu'il était à un exercice quelconque, c'était par la volonté de Dieu. Son temps était partagé entre les offices au chœur, les travaux des champs, et, par ordre de ses supérieurs, la plus grande part était

consacrée à l'étude de la théologie et des
livres saints. Il s'y donna avec ardeur, et
nous verrons bientôt quel bien il en re-
tira pour le triomphe de l'Église et la
conversion des hérétiques. « Son beau
talent, dit un de ses biographes, s'y déve-
loppait à l'aise. Nous disons son beau
talent, car la nature l'avait richement doté.
Sa mémoire était prodigieuse; tous les
trésors de la science s'y entassaient sans
effort, sans confusion; il retenait tout ce
qu'il lisait. » Ses maîtres ne cachaient pas
leur admiration. « Don Fernando, écri-
vent-ils dans les archives du monastère,
était un homme fameux, un esprit cultivé,
un religieux d'une sainteté éminente. »

En présence de tant de science, ses
supérieurs n'hésitèrent pas à lui conférer
le sacrement de l'ordre. En quelle année
fut-il promu au sacerdoce? les chroniqueurs ne nous l'ont pas transmis. Toujours est-il qu'il était prêtre en 1219.

Ce qui permet de croire que ce fut cette

année-là qu'il reçut la prêtrise, c'est d'abord son âge : vingt-quatre ans; de plus, c'est en cette année qu'il faut placer les deux faits miraculeux suivants :

Occupé aux champs, le saint religieux entendit le signal de l'élévation. Se tournant du côté de la chapelle du monastère, il se mit à genoux en adoration; les murailles de clôture disparurent à ses yeux, et il put voir, comme s'il eût été à la chapelle, le prêtre élevant la sainte hostie.

Peu de jours après, il veillait un religieux gravement malade. Il le vit en proie à des obsessions diaboliques; il lui jeta son aumusse sur les épaules, et le pauvre malade fut à l'instant guéri radicalement.

Est-il téméraire de penser que Dieu ait voulu, par ces deux faveurs, donner à son dévoué serviteur un gage de satisfaction de le voir s'enrôler dans sa sainte milice?

Cette même année 1219, le jeune Père fut préposé aux fonctions d'hôtelier du monastère. C'est ce qui amena un changement notable dans sa vie monastique. C'était dans les desseins de Dieu, qui dirige les hommes suivant ses vues.

Voici ce qui se passa :

Saint François d'Assise avait fondé en 1209 l'ordre des Frères Mineurs, généralement dénommés depuis Franciscains ou Cordeliers. Cet ordre, basé sur la pauvreté, avait pour but principal de combattre l'hérésie sous quelque forme qu'elle se présentât. A cette époque l'islamisme et le manichéisme disputaient à Dieu, même par la violence, l'empire des âmes. Saint François d'Assise, ému de cette situation et voulant le triomphe complet de Jésus-Christ sur le monde, fonda donc l'ordre des Frères Mineurs.

L'action de ces saints religieux fut rapide : les guerriers les plus hardis de la terre n'attaquèrent jamais leurs ennemis avec une furie plus magnifique que les saints disciples de François d'Assise se

lançant à l'assaut des forteresses de l'islamisme et du manichéisme.

Saint François d'Assise.

A deux reprises différentes, saint François lui-même, à la tête de ses vaillants
religieux, essaya de se lancer contre les
Maures en Afrique; il fut arrêté par

2

les rigueurs du climat, qui l'obligèrent à se retirer. Il en conçut un violent chagrin, mais il fut vite consolé, parce que tous ses religieux demandèrent à marcher à sa place contre les partisans de Mahomet. A trois reprises différentes il expédia des combattants contre les infidèles. Presque tous moururent avant même d'avoir livré la plus petite bataille.

Saint François eut l'idée de fonder sur la terre de Portugal deux couvents de son ordre, pour que ses religieux fussent plus à portée pour atteindre les Maures. Il confia cette mission à deux religieux : Zacharie et Gauthier, l'un et l'autre d'une piété et d'un zèle pour la gloire de Dieu très éprouvés.

Deux couvents furent donc établis en Portugal : l'un dans l'ermitage de Sainte-Catherine, l'autre à Saint-Antoine d'Olivarès. Ce dernier couvent était remarquable par son dénuement, mais aussi par la confiance de leurs religieux et leur abandon complet dans la Providence. Le frère quêteur allait souvent au couvent de Sainte-Croix demander la charité. Le jeune hôtelier don Fernando le recevait toujours avec la plus grande amabilité et donnait largement des secours à ces bons religieux.

En 1219, saint François voulut livrer contre l'islamisme une bataille décisive; il expédia cinq vaillants champions, qui, pour se rendre sur leur champ de bataille, passèrent par le Portugal; c'était la voie la plus directe.

Ces saints religieux reçurent l'accueil le plus empressé, soit des monastères, soit du roi, soit même de la population tout entière. Ils prédirent à la reine qu'ils seraient tous martyrisés, que leurs corps seraient rapportés en Portugal, et qu'elle-même mourrait peu de jours après leur translation.

Leurs prédictions se réalisèrent de point en point.

A peine débarqués au Maroc, les cinq champions du Christ firent une attaque vigoureuse contre l'ennemi. En pleine place publique, ils se mirent à crier de toute la force de leurs voix :

« Jésus-Christ est le vrai Dieu, et Mahomet est un imposteur. »

Ils furent saisis et traduits devant l'émir. Le chef des musulmans les mit dans cette alternative : ou embrasser immédiatement l'islamisme en acceptant les femmes qu'il leur présentait, ou avoir la tête tranchée par le glaive.

Ils n'hésitèrent pas, tous furent décapités et leurs corps profanés par la populace, qui voulait les jeter au feu. Grâce à l'intervention de Dieu, leurs corps purent être recueillis, et, placés dans des châsses d'argent, ils furent transportés en Portugal.

L'intronisation de ces saintes reliques fut solennelle, et eut lieu au milieu de l'enthousiasme universel.

Le roi lui-même avait décrété que les précieux restes des saints martyrs seraient déposés dans l'église de Notre-Dame-del-Pilar, et, de plus, que lui et toute sa cour se joindraient au cortège triomphal.

Le spectacle de cette intronisation fut en effet grandiose, et ce qui contribua singulièrement à en rehausser l'éclat, ce fut le fait miraculeux suivant.

Le char qui portait les saintes reliques était traîné par des mules. Quand il fut arrivé devant la chapelle du couvent de Sainte-Croix, les mules refusèrent avec entêtement d'avancer. Grand fut l'émoi que provoqua cet incident. Plusieurs religieux qui se trouvaient dans l'église, voulant connaître les causes de cette bruyante émotion, ouvrirent les portes du saint lieu. Tout aussitôt les mules entrèrent dans l'église et ne s'arrêtèrent qu'aux pieds de l'autel principal.

Le doute n'était pas possible. Non seulement l'église abbatiale de Sainte-Croix était désignée par Dieu pour recevoir les saintes reliques de ces glorieux martyrs, mais encore, les mules en allant jusqu'à l'autel et s'arrêtant là, cela signifiait évidemment que Dieu avait reçu ces cinq martyrs dans le séjour de sa gloire et que les hommes devaient leur rendre les honneurs réservés aux saints.

Cette grande scène que nous venons de décrire dans tous ses détails produisit une profonde impression dans l'esprit de don Fernando. Sa résolution fut prise sans hésitation : il demandera à s'enrôler dans l'ordre des Frères Mineurs, cette sainte milice du glorieux séraphique, et, aussitôt enrôlé, il sollicitera la faveur d'aller chez les musulmans chercher la couronne du martyre.

Presque au lendemain de ce grand jour, le frère quêteur du couvent de Saint-Antoine d'Olivarès se rendit, selon sa coutume, au monastère de Sainte-Croix pour quêter. Le Père hôtelier le reçut

avec sa charité habituelle et lui fit part
de sa résolution bien arrêtée de devenir
le disciple de François d'Assise. La réputation de science et d'éloquence de don
Fernando rayonnait brillamment au loin;
les religieux du monastère d'Olivarès se
réjouirent de la perspective de compter
dans leurs rangs une recrue d'une si
grande valeur, ils s'empressèrent d'en
annoncer la nouvelle à leur Père séraphique, qui partagea leur joie, car il avait
entendu parler de don Fernando.

Tout naturellement, la joie étant au
monastère d'Olivarès, la tristesse s'imposa
dans le couvent de Sainte-Croix. Les
supérieurs et les religieux ne pouvaient
se résoudre à laisser s'éloigner d'eux un
religieux si parfait dans sa conduite et si
remarquable par sa science, par son
intelligence et par son éloquence.

Tout en ne se départissant pas du
respect et de l'obéissance qu'il avait
promis par ses vœux, il fit néanmoins

une violence si forte par sa douceur, qu'il finit par obtenir le consentement qu'il demanda à plusieurs reprises de se faire Franciscain.

Il quitta le couvent de Sainte-Croix pour entrer au monastère d'Olivarès. Il dépouilla même son nom de don Fernando, qui rappelait son origine première et qui conservait un certain faste; il prit l'humble nom de Père Antoine.

Tous ces événements remarquables de la vie de notre grand thaumaturge se sont accomplis en l'an 1220, au mois de juillet.

Suivons maintenant le Père Antoine dans la marche triomphale de son apostolat.

## IV

Apprenant l'entrée de leur fils au monastère d'Olivarès et voyant qu'il avait
quitté sa robe blanche de chanoine régu-
lier de Saint-Augustin pour revêtir
l'humble et grossière robe de bure brune
des Frères Mineurs, les parents du saint
jeune homme ne se firent pas illusion;
ils comprirent que leur fils venait de
briser tous liens et toutes affections terrestres pour donner son âme et son cœur
à Dieu sans partage. Les premiers mo-
ments de cette séparation furent pénibles

au cœur de parents si aimants; mais ils demandèrent à Dieu leur consolation, il la leur accorda dans une large mesure.

Au mois de novembre de cette même année 1220, ayant hâte de travailler à la gloire de Dieu et aspirant avec ardeur à la palme du martyre qu'il espérait recevoir au plus tôt, il obtint l'autorisation de s'embarquer pour le Maroc. Mais Dieu, qui avait ses vues sur lui, ne lui permit pas de poursuivre l'action de son zèle sur cette terre marocaine. Le climat était complètement contraire à sa constitution physique. Le pauvre Père Antoine, à peine débarqué, tomba malade; dépérissant à vue d'œil, il resta cloué dans son lit tout l'hiver.

Ce que voyant, ses supérieurs lui donnèrent l'ordre de rentrer en Europe et de réintégrer au plus tôt son monastère d'Olivarès; il obéit ponctuellement, et s'embarqua pour rentrer en Portugal. Le vaisseau qui le portait fut surpris par une violente tempête, marcha à la dérive pendant longtemps et enfin fut jeté sur les côtes de Sicile. Le jeune apôtre débarqua à Taormina et se rendit immédiatement à Messine, où les Frères Mineurs avaient un couvent.

Il passa quelques mois dans ce couvent, y rétablit sa santé et se livra aux travaux de la terre; il y planta un citronnier que l'on peut voir encore, et qui semble avoir conservé toute sa vigueur.

Quelques mois après son arrivée au couvent de Messine, les religieux reçurent une convocation officielle au quatrième chapitre de l'ordre. Comme il se sentait complètement rétabli, le Père Antoine résolut de s'y rendre pour se mettre à la disposition de ses supérieurs. Il partit donc pour la Portioncule, où devait se réunir le chapitre, et se présenta au Père François.

Le chapitre s'ouvrit le 30 mai 1221; il fut présidé par le cardinal Ranerio Ca-

poccio. Ces assises franciscaines furent
particulièrement solennelles. Quand les
questions à l'ordre du jour eurent été
résolues, le séraphique saint François
répartit les charges et assigna les résidences. Seul le Père Antoine ne reçut
aucune destination; il en conçut une
peine qu'il offrit à Dieu. Modestement il
prit à part le Père Gatien, provincial de
Bologne, et le supplia avec une simplicité
d'enfant de l'emmener avec lui; il ne
chercha pas à se vanter ni à faire valoir
les services qu'il pourrait lui rendre, il
demanda à le suivre pour se former à la
vie religieuse sous sa direction. Le Père
Gatien, tout ému, l'embrassa et l'emmena
avec lui à Bologne.

Nos lecteurs ne connaissent peut-être
pas cette particularité de l'ordre des Cordeliers. Saint François, pour satisfaire
aux aspirations de ses religieux, créa deux
sortes de couvents, les grands et les
petits. Les grands couvents, situés près

des villes, étaient destinés aux religieux qui aimaient la vie active, toujours sous les yeux de Dieu et en vue de sa plus grande gloire et du triomphe de son Église.

Les petits couvents, destinés à ceux qui se plaisaient davantage dans la vie contemplative, étaient complètement éloignés de tout centre de population. Situés sur des hauteurs escarpées ou dans des endroits cachés, ils ne se composaient souvent que d'une grotte ou d'une excavation dans un rocher.

Le Père Antoine, désirant perfectionner son âme par la contemplation, demanda au Père Gatien à aller dans un de ces petits couvents. Il fut poussé à cette détermination par un autre sentiment, celui de la délicatesse. En effet, dans les conditions où le Père Gatien l'emmena avec lui, il sentait qu'il était en surérogation dans le grand couvent; il ne voulut pas être à charge à la communauté.

Le Père Gatien donna satisfaction à son désir et lui assigna Monte-Paolo, près de Forti, sur les pentes de l'Apennin.

Là, en effet, se trouvait un de ces ermitages favorables aux esprits méditatifs; il s'y enferma et y passa une année entière. Dieu seul a été témoin des austérités auxquelles le saint religieux soumit son corps, pour le châtier et en chasser les impuretés. Il lui imposa de telles privations, qu'à la fin ce corps n'avait plus aucune force; il fallait un bras pour le soutenir. Il ne négligea pas l'étude des sciences sacrées; il s'y appliqua avec ardeur, commentant les livres saints, étudiant à fond la théologie, et préparant des armes terribles pour combattre par la logique et le raisonnement les erreurs qui se multipliaient à l'infini.

Le moment était venu pour Dieu de faire briller au loin ce flambeau qu'il destinait pour éclairer le monde de la lumière de la vérité. Voici ce qui se passa.

A Forli, en 1222, aux quatre-temps du carême, le 19 mars, eurent lieu les *céré-monies* de l'ordination. Plusieurs frères de l'ordre séraphique devaient y prendre part. Le Père Gatien s'y rendit, accompagné du Père Antoine. L'évêque qui conférait le sacrement de l'Ordre invita le Père Gatien à adresser la parole aux jeunes ordinands. Le Père déclina l'honneur et le proposa aux Frères Prêcheurs qui assistaient à la cérémonie. Les disciples de saint Dominique firent observer humblement que, ne s'étant pas préparés, ils ne pouvaient prendre la parole dans une circonstance aussi solennelle. Que fit le Père Gatien pour satisfaire la demande de l'évêque? Il enjoignit formellement au Père Antoine, qui ressemblait à une ruine humaine, de parler aux ordinands. Voici comment un de ses biographes s'exprime sur le sermon du Père Antoine :

« Antoine obéit, dit-il, et s'abandonna

au mouvement de l'Esprit-Saint. Prenant pour texte de son discours ces paroles de l'apôtre : « Le Christ s'est fait obéissant « jusqu'à la mort, et à la mort sur la « croix, » il plaça sous les yeux des lévites du sanctuaire, dans la peinture du Prêtre par excellence, du Pasteur des pasteurs, l'idéal du sacerdoce et le modèle parfait du dévouement. Sa parole, d'abord timide, devint bientôt rapide, entraînante, enflammée; son corps, affaibli par les jeûnes, courbé par la maladie, se redressa; ses traits s'illuminèrent; ses gestes retrouvèrent cette grâce et cette ampleur que donne une éducation princière. En même temps il emportait son auditoire sur les sommets de la théologie mystique. Tous, évêques, dominicains, franciscains, ordinands, surpris, hors d'eux-mêmes, croyaient entendre un écho de la voix des prophètes, et versaient des larmes d'attendrissement. Ils ne savaient ce qu'ils devaient le plus admirer chez l'éloquent religieux, ou la beauté de son génie ou la profondeur de son humilité. »

Le Père Gatien fut dans le ravissement, et remercia Dieu du fond de son cœur de lui avoir inspiré de faire briller aux yeux de tous cet éclatant flambeau de la science théologique.

Cette circonstance fut le point de départ de la vie publique de saint Antoine de Padoue; il avait vingt-sept ans quand il la commença. Nous allons pouvoir l'admirer dans ses différentes œuvres. Nos lecteurs verront comment furent remplies les neuf dernières années de sa vie. Hélas! il est constaté fréquemment par l'histoire que les grands génies ne vivent pas longtemps. Saint Antoine de Padoue fut un grand génie au xiiie siècle, et il mourut à trente-six ans.

# V

Depuis longtemps saint François d'Assise nourrissait dans son esprit le projet de *créer une école supérieure de théologie*, ce que nous appelons, nous, une Faculté. Mais la grande difficulté qui l'arrêtait, c'était de trouver le directeur. Il avait échoué dans plusieurs tentatives; il dut même sévir contre un intrus, du nom de Jean de Stracchia, qui usurpa cette fonction malgré lui. Ce Jean de Stracchia était provincial de Bologne. Le Père François, sans hésitation, le dépouilla de sa prélature, pour le punir de sa désobéissance dans une question de cette gravité.

Le Père Gatien, qui connaissait le projet du Père séraphique, lui écrivit pour lui désigner le Père Antoine. Dans une longue lettre, il énuméra les qualités du jeune Père, constata sa science parfaite dans la théologie, et proclama très haut ses vertus. Le Père François, à qui la réputation du bon religieux portugais était parvenue, avait pensé à lui pour diriger son école. La lettre du Père Gatien finit de le décider.

En lui confiant cette haute mission, le Père François écrivit au Père Antoine la lettre suivante :

« A mon très cher frère Antoine, frère François, salut en Jésus-Christ.

« Il me plaît que tu enseignes à nos frères la sainte théologie, de manière toutefois à ne pas laisser s'éteindre en toi et dans les autres l'esprit d'oraison et de

piété, selon qu'il est prescrit dans la règle.
Adieu. »

Cette lettre est d'une éloquence très
élevée dans son laconisme. Le Père Antoine, par obéissance, accepta la charge
qui lui était confiée. La haute école de
théologie fut fondée à Bologne, et saint
Antoine, avec le titre de « lecteur de théologie », fut chargé de la diriger. Il exerça
cette fonction pendant un an, de 1223
à 1224.

Humble laïque admirateur de l'illustre
religieux, il ne nous appartient pas de
donner une analyse de ses enseignements
et surtout d'en faire ressortir l'excellence.
Il nous faudrait une connaissance complète de la théologie; elle nous manque
à peu près totalement. Nous vivons avec
la foi du charbonnier, nous croyons sans
discuter. Tout ce que nous pouvons dire,
c'est que les plus hautes autorités en théologie qui existaient de son temps, et
même celles qui ont brillé après lui, ont

proclamé bien haut l'excellence de ses enseignements et la profondeur de sa science. Il fut proclamé par tous « le Père de la science mystique ». Saint François se félicita de l'avoir placé à la tête de l'école de Bologne.

Cependant l'hérésie suivait sa marche avec une ténacité des plus opiniâtres; le Père François en voyait les progrès, et il en éprouvait une douleur profonde. Il chercha les moyens de la combattre. Il comprit qu'elle ne pouvait être sérieusement arrêtée dans sa marche que par un apôtre d'une vertu éprouvée d'abord, et ensuite d'une science et d'une éloquence irrésistibles. Pour lui, saint Antoine était le seul qui réunît toutes ces qualités. Il le déchargea de sa fonction de lecteur de théologie à l'école de Bologne, et lui ordonna de se consacrer à la prédication. Ceci se passait en 1224. Ce fut le commencement de la grande action de saint Antoine dans le monde; cette action qui lui a donné la haute notoriété dont il jouit. On peut dire que de ce jour jusqu'à sa mort il marcha de triomphes en triomphes. Les prodiges de toute nature naissaient sous ses pas; quand il n'arrivait pas à triompher de ses adversaires par la parole, il les subjuguait par des miracles.

On dit avec la plus grande facilité : « Saint Antoine de Padoue est un saint à miracles. » Les gens du monde, ne comprenant pas toute la haute signification de cette définition, ne laissent pas que de sourire. Nous leur dirons, nous : Oui, saint Antoine de Padoue est un saint à miracles, et à l'époque où il vivait il fallait qu'il fût ainsi. Il a été la plus haute et la plus magnifique personnification de la puissance de Dieu et de sa bonté pour les hommes.

Suivons-le donc tous dans ses luttes contre l'hérésie, et forcément, malgré nous, nous admirerons ce saint qui fut glorieux entre tous.

Verceil fut la première ville où il exerça son apostolat. Verceil était une petite ville d'Italie qui s'était érigée en république autonome. Elle était infestée d'hérésie. L'évêque Hugues Sessa pria le Père Antoine de venir prêcher le carême. Le saint moine se rendit à sa demande. Il alla à Verceil, et, du haut de la chaire de Saint-Eusèbe, il prêcha la parole de Dieu. La foule qui venait l'entendre était immense.

C'était la première fois que l'on entendait exposer la doctrine catholique d'une façon aussi claire et avec une éloquence aussi entraînante.

Et ce qui mit le comble au succès du brillant et savant orateur, ce fut le fait miraculeux suivant : Un jour, pendant qu'il prêchait, on lui apporta à l'église le cadavre d'un jeune homme. Les parents manifestaient une grande douleur. Ce que voyant, l'homme de Dieu suspendit sa prédication. Il s'agenouilla dans la chaire, se recueillit pendant quelques instants pour prier.

Puis, se levant, il dit avec un ton de commandement :

« Au nom du Christ, jeune homme, lève-toi. »

Aussitôt le cadavre se lève sur son séant, se débarrasse de son linceul et se jette dans les bras de ses parents, dont la joie fut inexprimable.

Pendant la station quadragésimale, l'illustre prédicateur de Saint-Eusèbe eut de fréquents entretiens avec un religieux d'une grande science et d'une grande sainteté. Thomas Gallo, docteur en théologie de l'université de Paris, était le fondateur et le premier abbé du monastère de Saint-André, à Verceil. Les deux religieux, dans leurs entretiens, se délectaient à disserter sur les beautés du ciel, la grandeur de l'Église catholique; ensemble ils étudiaient les moyens les plus propres à combattre l'erreur.

2*

Après le carême, le Père Antoine retourna à Bologne, qui était encore sa
résidence conventuelle. Mais, à la fin de
septembre de cette même année, le Père
François lui écrivit de partir pour la
France et de se diriger sur Montpellier.
Là encore, sur notre vieux sol français,
il fit de nombreux prodiges, comme nous
allons le voir.

# VI

Ainsi que nous l'avons dit, l'hérésie manichéenne ravageait l'Église de France autant et peut-être plus que celle d'Italie. Elle était, en tout cas, plus sanglante chez nous que partout ailleurs. Le manichéisme prenait différents noms, suivant les régions. Ses sectateurs s'appelaient Vaudois du côté de la Suisse; en France, ils commettaient des atrocités et des infamies sous le nom d'Albigeois, car c'était à Albi que la grande guerre avait été déclarée. Tout le midi de la France était à feu et à sang; notre histoire nationale à cette époque est assombrie par le récit des cruautés commises par les hérétiques contre les fidèles serviteurs du Christ. Saint François d'Assise aimait beaucoup la France, parce que c'était une nation généreuse, chevaleresque et fière, et surtout parce qu'elle lui paraissait particulièrement bénie de Dieu; il aimait la France de Clovis, de Charlemagne et des croisades; il aimait la France de saint Bernard. C'était donc avec une profonde douleur qu'il voyait la fille aînée de l'Église persécutée par les hérésiarques. Il résolut de lui porter secours, et, pour la défendre, il n'hésita pas à lui envoyer le meilleur de ses soldats, le plus vigoureux de ses champions, le plus habile de ses capitaines et le plus redoutable de ses guerriers : saint Antoine de Padoue.

Il manda donc à « son évêque » de partir pour la France. Il fixa sa résidence à Montpellier, en lui donnant pour mission à l'intérieur la rénovation des études

théologiques, et comme mission à l'exté-
rieur, la croisade contre les Albigeois.

Comme vous le voyez, pour une œuvre
aussi vaste et aussi importante, il fallait
un génie. Saint Antoine de Padoue fut
l'instrument dont Dieu se servit pour
mener à bien une si vaste entreprise.
Nous allons assister à ses prodigieux
succès.

« Montpellier, dit un des biographes du
glorieux thaumaturge, était à cette époque une ville seigneuriale, s'administrant
elle-même sous la suzeraineté des rois
d'Aragon : cité active, essentiellement
catholique, où les évêques de France venaient de tenir un concile provincial
(1224) dans le but d'apaiser les troubles
du Midi. Le nom de saint François d'Assise y était en profonde vénération, depuis
qu'elle avait eu l'honneur de lui fournir
l'hospitalité, lors de son retour d'Espagne
(1214). On n'avait pas perdu le souvenir
de ses vertus, ni de la prédiction qu'il

avait faite dix ans auparavant « qu'on
bâtirait un couvent de son ordre sur le
terrain de l'hôpital où il était logé ». La
gloire du Père rejaillissait sur tous ses
fils. D'ailleurs les fils avaient droit, eux
aussi, à une certaine considération per-
sonnelle, principalement Pacifique, le
troubadour converti, Jean Bonelli de
Florence et Christophe de Cahors, fonda-
teurs des provinces franciscaines de
France, de Provence et d'Aquitaine. »

C'est dans cette ville si bien préparée
pour le recevoir que saint Antoine arriva
aussitôt qu'il en eut reçu l'ordre de son
Père saint François. Il y arriva modestement, sans bruit, sans éclat, sans osten-
tation. Tout en continuant auprès de ses
nouveaux frères ses fonctions de lecteur
de théologie, ce fut à cette époque qu'il
composa son fameux *Commentaire sur
les psaumes*, la plus importante de ses
œuvres théologiques, travail remarquable
par sa science et par la hauteur de vues.

Il faisait marcher de front ses fonctions
de lecteur et ses travaux de prédicateur
et d'apôtre. Il se rendait avec un zèle et

Saint Antoine prêchant.

un empressement infatigables partout où
il était appelé pour prêcher. Ce qu'il
affectionnait par-dessus tout, c'était de
porter la parole de Dieu aux humbles,
aux déshérités, aux dévoyés. Il pensait,

avec juste raison, que c'était ceux-là qui avaient le plus besoin d'entendre les vérités de la religion et aussi d'être consolés par des paroles d'espérance.

Le jour de Pâques, en 1225, le saint religieux prêchait à la cathédrale de Montpellier en présence de tout le clergé. La foule était immense, recueillie et attentive. Sa parole enthousiasmait son vaste auditoire. Au moment d'un mouvement oratoire de la plus haute éloquence, il s'arrête tout d'un coup, il se met à genoux, se couvre de son capuchon, et, plongeant sa tête dans ses mains, il reste dans cette attitude méditative pendant près d'une heure, à la surprise générale. Puis, au bout d'une heure, il reprit son discours au point où il s'était arrêté et fut plus éloquent que jamais.

Que s'était-il passé? le voici :

Tout en prêchant, il se souvint qu'il avait une antienne à chanter à l'instant même à l'office qui se célébrait dans la chapelle du couvent et qu'il avait oublié de se faire remplacer. Il considérait cet oubli comme un manquement à la règle. Il en éprouva de la peine au point d'en être troublé. Alors il se mit à genoux en prière. Tout en restant en chaire, il apparut à la chapelle juste au moment de chanter l'antienne. Il s'acquitta de sa fonction et... reprit son discours à l'endroit où il s'était arrêté.

Ce prodige de bilocation lui fut accordé par Dieu pour le récompenser d'abord de son zèle à le servir, mais aussi pour qu'il ne fût détourné de ses œuvres d'apôtre par aucune préoccupation.

Quand il eut terminé sa station quadragésimale, pour se soustraire aux manifestations élogieuses et admiratives qu'il redoutait par-dessus tout, il rentra immédiatement et sans bruit à son couvent et se remit à ses chères études théologiques. A ce moment, un nouveau miracle s'accomplit; voici dans quelle circonstance.

Il venait de terminer son fameux *Commentaire sur les psaumes,* et, suivant le désir du Père François, il se disposait à le lui envoyer en communication. Il l'enveloppa avec soin, et, le paquet fait, il le mit sur son bureau. Il descendit, en laissant la porte de sa cellule entr'ouverte, vers un de ses frères pour se renseigner sur le meilleur mode d'envoi. Pendant son absence, qui ne dura que quelques instants, un frère, dégoûté de la vie monacale et se disposant à quitter le couvent, passa devant la cellule du Père, aperçut le paquet; se doutant de ce qu'il contenait, il s'en empara et sortit du cloître, emportant son précieux colis. Il comptait l'utiliser à son profit et en retirer une grande gloire. Le Père Antoine, étant remonté à sa cellule, s'aperçut tout aussitôt de la disparition rapide dont il venait d'être victime. Il en conçut un violent chagrin; il tenait beaucoup à ce manuscrit, fruit de longs travaux. Suivant son habitude

dans toutes les circonstances pénibles où
il se trouvait, il eut recours à Dieu. Il se
mit en prière pour obtenir la restitution
de son précieux volume. A ce moment, le
frère qui l'avait dérobé et qui fuyait loin
du couvent fut arrêté, au passage d'une
rivière, par un monstre horrible qui, d'une
voix menaçante, lui cria :

« Va rapporter immédiatement, là précisément où tu l'as pris, le manuscrit du
Père Antoine que tu as dérobé, ou sinon
je te précipite dans la rivière et te ferai
périr. »

Le fuyard, saisi de frayeur et aussi de
remords, retourna au couvent, remit en
mains propres au Père Antoine son précieux paquet, se mit à genoux, et, dans
cette attitude humiliée, il fit le récit de ce
qui venait de se passer et demanda pardon de sa faute; de plus, il sollicita la
faveur de rentrer dans le couvent et de
reprendre sa vie monastique. Le Père
Antoine le reçut avec bonté, lui pardonna

sa faute, et le religieux revenu au bercail fut le modèle du couvent.

C'est à ce fait mémorable, porté à la connaissance de tous et transmis d'âge en âge, que l'on doit attribuer la grande confiance du peuple en la puissance spéciale de saint Antoine pour faire retrouver les objets perdus ou égarés.

On raconte encore que, pendant son séjour à Montpellier, les religieux se plaignaient à leur Père de ce que les grenouilles qui habitaient un étang très proche de leurs cellules troublaient leur repos par leurs croassements. Plein de charité pour eux, le bon Père commanda aux grenouilles de se taire; à partir de ce jour, les religieux purent jouir de leur repos sans trouble de la part des grenouilles.

En 1225, à la suite du chapitre qui se tint à l'époque de la Pentecôte, le Père Antoine fut transféré de Montpellier à Toulouse. Dans cette ville, capitale du Languedoc, la noble et pieuse famille de

Faudoas venait de faire construire un couvent de Frères Mineurs, précisément pour pouvoir arrêter les progrès de l'hérésie que propageaient les Albigeois avec une bouillante ardeur. L'évêque Foulques prodiguait ses efforts pour combattre l'erreur. Les enfants de saint Dominique le secondaient vaillamment par leurs prédications.

Tout le monde sait que les manichéens, qui en France s'appelaient les Albigeois, contestaient la divinité de Jésus-Christ. La lutte qu'ils soutenaient depuis longtemps fut, dans le principe, uniquement une guerre de religion; depuis un ou deux ans, à cette époque, elle dégénéra en guerre de race, tout en ayant l'hérésie pour base. Saint Antoine, par ordre, se rendit donc à Toulouse et apporta aux Dominicains l'appui de son grand talent et, on peut le dire, de sa haute autorité. Ce renfort fourni aux disciples de saint Dominique par les disciples de son frère

3

d'armes, saint François, décida du succès. Le triomphe de la vérité fut assuré dans la capitale du Languedoc par la vigueur de la prédication du Père Antoine, renforcée encore par les nombreux miracles qu'il *semait sur son passage,* suivant l'expression d'un de ses chroniqueurs.

Le seul pourtant des faits miraculeux accomplis à Toulouse par le grand thaumaturge, que la chronique nous a transmis, s'est passé dans le couvent même où il avait sa résidence. C'était la veille de l'Assomption. On lisait, au réfectoire, la *Vie des saints* du jour. L'auteur y élevait des doutes sur l'authenticité de l'Assomption. Le Père Antoine en fut vivement troublé. La sainte Vierge voulut consoler elle-même ce serviteur fidèle, qui lui témoignait tous les jours un amour si ardent et qui proclama sa grandeur et ses prérogatives dans de magnifiques discours. « Elle lui apparut, au sein d'une clarté éblouissante, dit un historien au-

quel nous empruntons le récit, dans tout
l'éclat de sa beauté. Il contempla des yeux
de sa chair celle qui est plus brillante
que les étoiles du firmament, plus lim-
pide que le cristal, plus blanche que la
neige des montagnes. Il entendit cette
voix dont les célestes harmonies jettent
les anges dans le ravissement. Marie lui
dit avec douceur :

« — Sois sûr, ô mon fils, que ce corps
qui a été l'arche vivante du Verbe incarné
a été préservé de la corruption et de la
morsure des vers. Sois sûr également
qu'il a été transporté, le troisième jour,
sur l'aile des anges, à la droite du Fils de
Dieu, où je règne. »

Et chacune des syllabes qui tombaient
de ses lèvres augustes versaient dans
le cœur du Père Antoine d'ineffables
lumières avec d'ineffables consolations.
Quand elle eut disparu, il sembla au
bienheureux que toutes les délices du
paradis avaient passé dans son âme.

Le saint comprit que cette vision était
pour lui un ordre envoyé du Ciel de défendre, par toute la puissance de sa parole,
les prérogatives de la Mère de Dieu. Il
l'exécuta dans toute la mesure de ses
forces.

Son séjour à Toulouse fut de courte
durée, trois mois seulement ; mais, on
peut le dire, trois mois bien remplis, car
le bien qu'il y fit fut considérable et laissa
des traces profondes et durables.

De Toulouse, le saint thaumaturge fut
transféré au Puy-en-Velay, de 1225 à
1226.

# VII

Saint Antoine partit de Toulouse au mois de septembre 1225, emportant avec lui le titre glorieux de *marteau des Albigeois*. Il se rendit au Puy-en-Velay, où le Père François lui confia la garde du couvent. Il n'avait que trente ans, il était le plus jeune de tous les gardiens de l'ordre ; mais par sa science, par la pondération de son esprit, la sûreté de son jugement et sa grande prudence, il était certainement à la hauteur des plus expérimentés.

Dans cette nouvelle résidence, l'action

du jeune Père gardien dut changer de caractère tant qu'elle ne s'étendit que dans un rayon peu développé. Les montagnes de l'Auvergne avaient, pour ainsi dire, servi de rempart contre l'invasion des Albigeois. L'Auvergne et le Velay avaient été à l'abri de l'hérésie. Sauf quelques débris qui s'étaient réfugiés là à la suite des nombreuses déroutes de l'armée régulière infligées par le *marteau des Albigeois,* l'hérésie n'avait, pour ainsi dire, pas pénétré dans ces régions privilégiées. Dès le début de son apostolat au Puy, saint Antoine eut donc moins à se préoccuper de l'esprit que du cœur.

Son action n'en fut pas moins merveilleuse, il prodigua les richesses de son éloquence et les trésors de ses miracles. On peut presque dire que, chaque fois qu'il sortait, il opérait un miracle pour faire briller au monde la gloire de Dieu.

Dans la vallée du Puy vivait un notaire dont les mœurs étaient déplorables. Il avait de plus un caractère d'une violence extrême. Chaque fois que le Père gardien le rencontrait dans les rues, ce qui arrivait fréquemment, le notaire se livrait contre le religieux et son humble costume à des plaisanteries et à des sarcasmes d'un goût plus que douteux. Le Père n'eut jamais l'air de les entendre; mais chaque fois il allait au-devant du personnage, et, placé devant lui, il le saluait profondément et respectueusement. Les premières fois, le notaire le prit d'abord en riant, puis comme une réponse directe à ses attaques. Pour faire cesser cette situation qui finissait par devenir gênante, il s'abstint de toute plaisanterie. Mais le Père n'en continua pas moins pour cela ses respectueuses salutations. A la fin, le notaire se fâcha et lui dit :

« Que signifient toutes ces simagrées? Si je ne craignais pas la colère de Dieu, je te percerais avec mon épée!

— Mon frère, répondit saint Antoine,

j'envie votre bonheur. Je rêvais le martyre. Le Seigneur ne l'a pas voulu, mais
il m'a révélé que cette grâce vous était
réservée. Quand donc cette heure bénie
aura sonné pour vous, souvenez-vous,
je vous prie, de celui qui vous l'a annon-
cée. »

Le notaire répondit à cela par un éclat
de rire.

Et pourtant la prédiction du Père se
réalisa textuellement.

En effet, quelques années après,
Étienne III, évêque du Puy, organisa un
grand pèlerinage aux saints lieux. Le notaire, touché par la grâce et depuis quelque
temps revenu à d'excellents sentiments,
demanda à faire partie de la pieuse cara-
vane. « Arrivé en Palestine, nous dit un
historien, il ne craignit pas d'affirmer sa
foi et de crier aux musulmans que Mahomet n'était qu'un imposteur. Il fut
arrêté et condamné à mort. Pendant qu'il
marchait au supplice, il se souvint de la

prophétie du bienheureux et en fit part aux Franciscains qui l'exhortaient au martyre. »

Un autre jour, encore au Puy, une dame de grande famille se rendit au couvent. Sur le point de devenir mère, elle se recommanda aux prières du saint religieux, et elle lui recommanda aussi l'enfant qu'elle portait, pour obtenir de Dieu la grâce qu'il fût un bon chrétien. Le Père gardien répondit à cette pieuse mère :

« Ayez confiance et réjouissez-vous; le Seigneur vous donnera un fils qui, Frère Mineur et martyr, illustrera l'Église. »

Cette prédiction s'accomplit de point en point. Arrivé à l'âge d'homme, l'enfant se fit Frère Mineur, partit quelques années après dans une mission contre les Sarrasins, fut pris au camp d'Azot avec près de deux mille chrétiens. Tous les captifs jurèrent de subir le martyre avec lui; il demanda à être décapité le dernier, pour soutenir le courage de ses compagnons. Au fur et à mesure qu'on leur tranchait la tête, dans l'espoir de lui imposer silence on lui coupait les jambes, les bras, la langue. Enfin, quand tous ses compagnons furent montés au ciel, il reçut le coup de glaive qui lui trancha la tête, et il alla rejoindre ses frères.

Quoique gardien du couvent du Puy, il ne bornait pas son action à la capitale du Velay. Il se portait partout où il était appelé et ne laissait échapper aucune occasion de faire le bien par la parole.

En 1225 se tint à Bourges un grand concile national, pour arriver à résoudre les deux grandes questions du temps : 1° la pacification du Midi, que se disputaient Raymond VII et Amaury de Montfort; 2° aviser aux moyens de combattre les Albigeois.

La haute assemblée fut présidée par le cardinal de Saint-Ange, légat du saint-

siège. Six archevêques, une centaine
d'évêques, une foule d'abbés mitrés et de
prieurs avaient répondu à la convocation;
même les deux compétiteurs que nous
venons de nommer plus haut étaient
présents. Ces grandes assises catholiques
revêtaient un caractère de solennité ex-
ceptionnel. Les discours d'usage dans ces
grandes circonstances furent confiés à
l'orateur le plus en renom : ce fut le
Père Antoine, gardien du Puy.

On peut dire que son discours d'ouverture devint inopinément l'événement
principal de ces grandes assises, surtout
par les résultats qui le suivirent.

Le jeune et éloquent orateur prit pour
sujet la grandeur et la beauté du Christ,
et ensuite la sainteté de l'Église et sa
fécondité pour engendrer des saints. Dans
une apostrophe superbe il s'écria: « Malheur au pasteur infidèle qui égorge ses
brebis! Malheur au pasteur mercenaire
qui ne les défend pas contre les attaques

des loups dévorants! » En prononçant ees paroles, instinctivement il se tourna du côté de l'archevêque de Bourges, et, en jetant un regard rapide sur lui, par une inspiration instantanée il sut que le chef de l'Église de Bourges, qui s'appelait Simon de Sully, était un de ces pasteurs pusillanimes qui ne savent pas défendre leurs troupeaux; suivant l'expression des livres saints, ce sont de ces chiens muets qui ne savent pas aboyer à l'approche de l'ennemi. Immédiatement, cédant à son impétuosité naturelle et au zèle ardent dont il était animé pour la gloire de Dieu, il s'adressa directement à l'archevêque par cette apostrophe *ex abrupto :* « C'est à vous qui portez la mitre, c'est à vous que je m'adresse; » et pendant près d'un quart d'heure il accumule texte sur texte, pour lui démontrer que sa faiblesse à défendre son troupeau devenait coupable.

Un frisson, comme un courant électrique, parcourut l'immense assemblée, qui ne s'attendait pas à une scène semblable qui rappelait la primitive Église. L'archevêque, qui malgré sa pusillanimité était un homme vertueux, alla trouver le Père après la cérémonie, avoua sa faute et implora son pardon à genoux. Cet acte d'humilité de la part d'un archevêque toucha profondément le saint religieux, qui en fit remonter le mérite à la toute-puissance de Dieu.

D'une activité dévorante dans sa lutte contre les hérétiques, on peut presque dire qu'il se multipliait à l'infini. Il assistait à toutes les séances du concile, et dans les intervalles il exerçait son action dans la ville de Bourges. Il y fit de nombreuses conversions, entre autres celle d'un juif nommé Guillard. Nous allons la raconter, car elle fut marquée par un des faits miraculeux les plus éclatants que le saint moine ait obtenu de Dieu.

Ce juif Guillard, un des plus ardents ennemis du catholicisme, eut la fantaisie

de provoquer une discussion publique
avec le Père Antoine, dont le nom était
sur toutes les lèvres à Bourges, surtout
depuis son fameux discours au concile.

Cette discussion, il la plaça sur l'Eu-
charistie, et disait qu'il n'était pas admis-
sible qu'un peu de farine et d'eau fussent
le corps et le sang de Jésus-Christ. Le
Père Antoine s'épuisa en vains efforts pour
arriver à convaincre son contradicteur.
Guillard finit par cette réponse :

« Croire ne me suffit pas ; je veux voir. »

Et il ajouta ensuite :

« Frère Antoine, si vous pouvez me
démontrer par un phénomène sensible
ce que vous démontrez par le raisonnement, j'abjurerai mes croyances et
embrasserai les vôtres. Voici ce que je
vous propose, continua Guillard ; j'ai une
mule, je l'enfermerai et la laisserai à jeun
pendant trois jours. Au bout de ces trois
jours, je la mènerai sur la place la plus
spacieuse de la ville en présence de tous

les habitants et lui présenterai de l'avoine. De votre côté, vous apporterez l'hostie qui, selon vous, contient le corps de l'Homme-

Le Puy-en-Velay.

Dieu. Si la mule dédaigne l'avoine pour se prosterner devant l'hostie, je me déclarerai catholique. »

Avec la plus grande confiance que Dieu ne l'abandonnera pas dans une circonstance aussi grave, le saint religieux accepta l'épreuve.

Il passa ces trois jours en prière; il sentait que Dieu le soutiendrait et le ferait triompher, car il s'agissait de confondre les incrédules et de raffermir la foi des croyants.

Le jour de l'épreuve venu, la mule fut conduite sur la place. Guillard, avec son boisseau d'avoine, l'attendait. Le Père Antoine était arrivé, portant le saint Sacrement processionnellement; il s'avance vers la mule, et d'une voix ferme il dit à l'animal :

« Au nom de ton Créateur que je porte, quoique indigne, dans mes mains, je t'enjoins, je te commande, ô être privé de raison ! de venir immédiatement te prosterner devant lui, afin que les incroyants reconnaissent par là que toute la création est soumise à l'Agneau qui s'immole sur nos autels. »

En même temps Guillard présente le

boisseau d'avoine à la mule, qui n'avait rien mangé depuis trois jours. Sans hésitation, l'animal va d'abord directement devant le saint Sacrement et fléchit le genou devant lui.

Le triomphe de Dieu et aussi du Père Antoine fut complet. La foule immense fit éclater ses transports de joie et d'admiration. Guillard s'empressa de se prosterner devant le Dieu trois fois saint qui venait de jeter en son âme une si éclatante lumière. Non seulement il abjura le judaïsme pour se faire chrétien, mais encore il fit entrer toute sa famille dans la religion de Celui que ses pères avaient fait mourir sur la croix. Il devint un apôtre d'un zèle ardent pour amener des âmes à Dieu. Fort riche, en souvenir de cet éclatant témoignage de la divinité du Christ et de sa présence réelle dans le saint Sacrement, il éleva à ses frais, sur l'emplacement où s'était produit le prodige, un magnifique monument qui existe encore : l'église Saint-Pierre.

Le miracle de Bourges donna une nouvelle impulsion à la grande renommée du saint moine. Après le concile il reprit ses travaux apostoliques ; il distribua le bienfait de sa puissante parole à Châteauroux, Brioude, Aurillac et bien d'autres villes. Partout il recevait l'accueil le plus enthousiaste, et la grande réputation de sainteté qui le précédait partout où il passait lui attirait les cœurs et ramenait les âmes à Dieu autant que ses discours.

Cependant il dut suspendre le cours de ses missions pour aller assister, comme les autres supérieurs de France, au chapitre provincial d'Arles, qui fut présidé par Jean Bonelli de Florence. Là il reçut de tous ses frères les plus chaleureuses marques de sympathie et d'admiration. Le saint religieux, modestement, déclinait tous les éloges et faisait remonter à Dieu seul le mérite du bien qui se faisait.

Le Père Antoine, à la dernière réunion du chapitre, fut nommé à l'unanimité par ses frères custode de Limoges. Ceci se passait en 1226.

———

# VIII

## LE PÈRE ANTOINE, CUSTODE DE LIMOGES

Chez les Frères Mineurs, le custode est un provincial de second degré. Il a à diriger trois ou quatre couvents, tant au point de vue spirituel qu'au point de vue temporel.

Le Père Antoine se rendit donc dans sa nouvelle résidence. Il reçut à Limoges l'accueil le plus sympathique du monde, son entrée fut un triomphe; le jour même de son arrivée, il prononça au cimetière un discours sur la mort et la vie future, qui fit une profonde impression sur la foule qui l'écoutait.

D'une activité prodigieuse qui tenait du miracle, il trouvait le temps d'administrer temporellement et spirituellement les couvents sous sa juridiction, de veiller sur ses frères et de répandre quand même à profusion la parole de Dieu.

Un jour il s'aperçut qu'un de ses frères se relâchait dans sa conduite; il eut la révélation que ce pauvre religieux éprouvait du dégoût à vivre au couvent, il comprit que c'était le démon qui le détournait de la voie de Dieu. Le Père va trouver le pauvre religieux dans sa cellule, lui parle avec bonté; puis tout à coup il lui dit :

« Ouvre ta bouche. »

Et il lui souffla dans la bouche en prononçant ces paroles :

« Reçois l'esprit de force et de sagesse. »

Immédiatement le pauvre moine tomba dans un sommeil extatique qui dura un long moment. Quand il se réveilla, il raconta à son supérieur qu'il venait de voir les beautés du ciel. Le Père Antoine lui demanda de garder le secret sur ce qui venait de se passer. Le moine recouvra sa première ferveur et ne cessa plus d'être un religieux accompli.

Presque au lendemain de ce jour, le Père custode prêchait sur une des places de Limoges, car les églises étaient trop petites pour contenir la foule qui voulait l'entendre. Au milieu de son discours, un violent orage éclate : les éclairs, le tonnerre jettent le trouble dans tous les rangs, la pluie tombe avec abondance; la foule commençait à se retirer, quoique le prédicateur n'interrompait pas son discours. Il s'adresse à son vaste auditoire et lui dit d'une voix forte :

« Ne craignez rien, la pluie ne vous atteindra pas. »

En effet, ô prodige! pendant que des torrents d'eau tombaient sur toutes les autres parties de la ville, sur la place où prêchait le Père l'eau resta suspendue, et personne parmi cette foule immense n'en reçut la plus petite goutte.

Les bonnes gens de ces régions appelaient le Père Antoine le *semeur de miracles*; et il méritait bien ce nom, car on peut presque dire de lui que chacun de ses pas était un miracle. Les chroniques du temps, qui ont de nombreuses lacunes, ne nous en ont transmis qu'une faible portion.

A Saint-Julien, où il devait prêcher, il prédit qu'au milieu de son discours le diable renverserait l'estrade où il se trouverait, lui et la foule, mais que personne n'aurait de mal. C'est ce qui arriva.

Au couvent des Bénédictins de Solignac, le saint *custode* recevait une fraternelle hospitalité. Un des religieux était obsédé du démon de l'impureté; il s'adressa au Père Antoine et lui confia ses tourments. Le Père Antoine le couvrit de sa tunique; au même instant le pauvre religieux se sentit délivré de son ennemi et recouvra la paix de l'âme.

Un autre jour, un brave homme se sentait coupable de plusieurs péchés envers Dieu; l'émotion et la douleur d'avoir offensé le bon Maître du ciel l'étouffaient au point qu'il ne pouvait pas parler pour faire le récit de ses fautes. Le Père Antoine lui dit :

« Va, et écris tes péchés sur une feuille de parchemin. »

Ce que fit le pénitent. Au bout d'une heure il retourna vers le Père, portant une grande feuille de parchemin, noire tout entière du récit de ses péchés. Il s'agenouilla aux pieds du Père et fit la lecture de ses fautes. Que vit-il alors? un ange qui se tenait près de lui, et qui effaçait sur le parchemin les péchés au fur et à mesure qu'il les lisait. Quand la nomenclature fut terminée, l'ange disparut et laissa le parchemin d'une blancheur de neige.

3*

Une femme du peuple faisait chauffer de l'eau pour préparer un bain pour son enfant malade. Apprenant l'arrivée du Père, elle quitta tout pour pouvoir le voir et lui parler. Ses désirs furent accomplis, mais elle se souvint que dans sa précipitation elle avait déposé son enfant dans la chaudière d'eau bouillante. Pleine d'inquiétude, elle courut à la maison. Que trouva-t-elle? Son enfant dans la chaudière; mais il souriait, il était heureux de revoir sa mère, il n'avait pas la moindre brûlure et n'avait en rien souffert de la distraction de sa mère.

Le *semeur de miracles* reçut la visite d'une dame accablée de douleur. Au retour d'une instruction du Père qu'elle venait d'entendre, en rentrant chez elle elle trouva son enfant mort. Elle criait en pleurant :

« Mon fils est mort! Ayez pitié des larmes d'une mère! »

Le Père Antoine, ému de compassion, lui répondit avec douceur :

« Allez, le Seigneur aura pitié de vous. »

Cette femme pleine de foi retourna chez elle avec confiance, et elle trouva son enfant frais et rose, plein de vie et jouant avec de petits cailloux.

La famille de Châteauneuf, qui résidait dans les environs de Limoges, avait pour le Père beaucoup de prévenance et, disent naïvement les chroniques, « une grande amabilité pour lui; fréquemment il se rendait au château. »

Un soir qu'il était retiré dans une des chambres de la demeure seigneuriale et qu'il veillait plus tard que d'habitude, tout à coup il se vit enveloppé d'une douce et vive clarté; tout aussitôt Dieu lui apparut sous l'aspect de Jésus enfant. Il le combla de caresses pendant un grand moment et lui prodigua beaucoup de paroles amicales. Le seigneur de Châteauneuf ne vit pas l'enfant Jésus, mais il fut le témoin de la belle clarté qui inonda son château.

Le lendemain, il parla de ce qu'il avait vu au Père et lui demanda des détails. Ils eurent entre eux une longue conversation; le Père déclara à son hôte que Dieu lui avait prédit que la maison de Châteauneuf serait illustre et prospère tant qu'elle resterait fidèle au catholicisme, mais qu'elle serait détruite le jour où le chef abandonnerait la vraie religion; c'est ce qui arriva. Au XVIIe siècle, le chef de la famille de Châteauneuf embrassa le calvinisme; il mourut dans un combat, et sa maison fut détruite.

Cette miraculeuse vision que nous venons de raconter est l'explication des tableaux et des peintures de tous genres qui représentent saint Antoine de Padoue tenant familièrement l'enfant Jésus dans ses bras.

Au milieu de ses multiples occupations, qui absorbaient son temps entre l'admi-

nistration de ses couvents, leur direction
spirituelle et la prédication, il se rappela
sa douce solitude de Monte-Paolo et les
douces joies qu'il avait ressenties à mé-
diter sur les grandeurs de Dieu et à
contempler solitairement les beautés du
ciel; il voulut jouir une fois de plus de
ce bonheur. Aux environs de Brive, il y
avait un rocher qui lui remettait en mémoire Monte-Paolo : il y établit un ermitage et y installa trois ou quatre frères;
il allait fréquemment s'y enfermer, pour
s'adonner à la contemplation. La petite
communauté étant dans un dénuement
absolu; il confia à une sainte dame de
Brive le soin de pourvoir à ses besoins.
Elle accepta la charge avec dévouement
et s'en acquitta généreusement. Dieu lui
témoigna sa satisfaction. Un jour que la
bonne chargée de provisions se rendait à
l'ermitage, elle fut surprise par un orage
épouvantable et une pluie torrentielle.
Elle put continuer son chemin, car au-

cune goutte d'eau ne tomba sur elle, et le chemin qu'elle suivait était complètement à sec.

A la fin de l'année 1226, une circulaire adressée à tous les provinciaux et custodes de l'ordre annonça la mort du Père François d'Assise, et convoqua le chapitre général pour le 30 mai 1227.

Le Père Antoine, à la nouvelle de la mort du Père séraphique, fondateur de l'ordre, eut un grand chagrin. Certain que saint François était près de Dieu, il le pria de veiller sur ses enfants du haut du ciel, comme il l'avait fait sur la terre. Il se disposa à se rendre au chapitre général, avec d'autant plus de raison qu'il reçut une mission secrète de ses frères pour le souverain pontife. On suppose que ce fut à propos du frère Élie; un très grand nombre de frères doutaient de la vertu sincère de ce religieux, et pressentaient de sa part des innovations qui porteraient une grave atteinte à l'œuvre du Père François.

Le Père Antoine, accompagné d'un frère, quitta Limoges, qu'il ne devait plus revoir, dans le courant de février 1227. Il se dirigea en grande diligence sur Marseille.

Là se produisit un fait prodigieusement éclatant, qui fut le complément et le couronnement céleste de la grande mission qu'il venait de remplir en France.

Le grand thaumaturge et son frère, qui l'accompagnait, harassés de fatigue l'un et l'autre, entrèrent chez une femme du peuple d'un des faubourgs de Marseille. La femme, qui était une bonne chrétienne, touchée de compassion de voir deux bons religieux dans un état de fatigue si grand, leur offrit l'hospitalité et des rafraîchissements, ou plutôt une frugale réfection. Elle offrit ce qu'elle avait chez elle: du pain et du vin; mais, pauvre qu'elle était, elle n'avait pas de verre, et courut chez sa voisine, qui lui en prêta un.

A peine eut-elle déposé le verre d'emprunt sur la table, elle redescendit à la cave pour remplir une autre bouteille de vin dans le cas où la première serait insuffisante. Qu'arriva-t-il ? Pendant que la brave femme était à la cave, d'un mouvement maladroit le frère brisa le verre en deux ; la femme, étant remontée, trouva son verre brisé ; elle en eut de la peine, parce qu'il n'était pas à elle. Ce ne fut pas tout, elle poussa un : « O mon Dieu ! » d'angoisse, et, sans plus rien dire, elle descendit à sa cave. Dans la précipitation qu'elle mit pour ne pas faire attendre les deux bons religieux, elle avait oublié de refermer le robinet de son tonneau. Tout le vin s'était échappé, et, quand elle fut près de son tonneau, il était vide. Elle remonta vers ses deux religieux, et, les larmes aux yeux, elle leur exposa ce qui venait de lui arriver. Au moment où elle faisait le récit de sa triste mésaventure, elle vit que les deux parties du verre brisé se rejoignaient d'elles-mêmes et que le verre était revenu à son état primitif. Alors, voyant ce prodige, elle ne douta pas que miraculeusement la perte de son vin qu'elle venait de faire serait réparée. Elle descendit de nouveau vers son tonneau, et elle le trouva en effet rempli d'un vin délicieux, bien supérieur à celui qu'elle avait perdu.

Ce fut le dernier acte miraculeux que saint Antoine fit en France. Il quitta ce pays avec beaucoup de regret, car il y avait eu bien des consolations, et il s'embarqua pour l'Italie.

# IX

Saint Antoine se rendit directement à Rome; ce ne fut qu'une suite d'émotions pour lui quand il parcourut les différents lieux de la capitale du monde, capitale qui racontait en style lapidaire l'histoire de l'Église naissante, souffrante, militante et triomphante.

Au moment où il arrivait dans la Ville éternelle, un nouveau pape, Grégoire IX, venait de monter sur le siège de Pierre. Il professait pour les Franciscains une amitié et une estime particulières. Plusieurs fois il avait conversé avec le Père séraphique, qui même lui avait prédit son élévation à la tiare.

Saint Antoine, qui avait une mission à remplir auprès de Sa Sainteté, sollicita une audience qui lui fut sans peine et immédiatement accordée. Grégoire IX n'ignorait pas les hautes qualités de l'humble religieux, les nombreux et si-gnalés services qu'il rendait à l'Église et aussi sa grande puissance de thaumaturge. Quand la question dont il était chargé eut été traitée avec le saint fils du séraphique Père François, comme on se trouvait à la semaine sainte, le pape pria avec insis-tance le Père Antoine de prêcher le jour de Pâques. Le saint religieux accepta par obéissance. Ce fut pour lui un nouveau succès : sa parole captiva les masses, tant par l'élévation des pensées inconnues jus-qu'alors, tant par la nouveauté des idées que par la forme originale qu'il employait pour les exposer.

Dès le lendemain, humblement, discrétement, il quitta Rome pour se soustraire aux éloges qu'il redoutait. Il se dirigea du côté d'Assise, berceau de l'ordre et tombeau du fondateur. La première de toutes ses préoccupations, en se dirigeant vers la Portioncule, était de prier sur la tombe du saint fondateur de l'ordre, qui reposait·dans la paix du Seigneur depuis quelques mois seulement.

Quand au loin il aperçut pour la première fois Assise, gracieusement installée sur une hauteur, il éprouva un saisissement indéfinissable dont il ne chercha pas le mobile. Inutile de dire les sentiments et les émotions dont il était rempli, quand, arrivé au tombeau de saint François, il s'agenouilla pour prier.

Le chapitre général des Frères Mineurs se tint donc à la Portioncule. Suivant ses désirs et ceux de la généralité des membres de l'assemblée, le frère Élie, malgré ses intrigues et ses manœuvres, fut écarté.

4

Le gouvernement général de l'ordre fut
confié à Jean Parenti, de Florence, qui,
tout le monde s'accordait à le dire, était
un esprit éminent, caractère franc et loyal,
et aussi fervent sous la bure qu'il avait
été intègre sous la toge.

Saint Antoine fut nommé provincial de
Bologne.

C'était la province la plus importante
de l'Italie. Elle était fortement entachée
de manichéisme. La forteresse principale
de cette secte odieuse était à Rimini,
chez les Cathares.

Il s'y rendit, et, comme ces guerriers
qui n'ont jamais connu que la victoire,
il attaqua cette place forte avec une vigueur extraordinaire; il s'agissait pour
lui de frapper son ennemi à la tête. Mal-
heureusement il se heurta à une résistance
d'inertie qui lui fit subir sa première dé-
faite; il avait beau appeler ses adversaires
à la lutte, les provoquer à des discussions
publiques, ils ne répondaient à ses invites

que par un silence méprisant, souligné d'un sourire ironique.

Le Père Antoine en conçut une grande douleur; il eut recours à Dieu. Après avoir longuement prié pendant plusieurs jours, il reçut de Dieu une singulière idée :

Se portant à l'embouchure de la Marecchia, il se tourna du côté de l'Adriatique. Sa grande réputation de thaumaturge avait attiré autour de lui une foule énorme qui s'attendait à un miracle éclatant. Elle ne fut pas trompée dans son attente. En effet, le Père, avons-nous dit, se plaçant en face de l'Adriatique, s'adressa aux poissons de la mer en ces termes :

« Poissons des fleuves, poissons des mers, écoutez! C'est à vous que je vais annoncer la parole de Dieu, puisque les hérétiques refusent de l'entendre. »

A cet appel, on vit accourir des quantités énormes de poissons, qui, se dressant sur les eaux pendant tout le temps que le Père leur parlait, restèrent dans l'attitude de ceux qui écoutent avec attention. Par leurs frétillements, ils semblaient suivre les mouvements oratoires du Père, et quand l'orateur eut terminé son sermon, un des sermons les plus éloquents qu'il ait prononcés, les poissons restèrent encore à leur place, comme pour lui faire comprendre qu'ils avaient du plaisir à l'écouter. Ils ne se dispersèrent que sur son ordre.

La foule témoin de ce miracle était énorme. Les Cathares eux-mêmes, ne voulant pas y croire tout d'abord, se portèrent sur les bords de l'Adriatique pour connaître par eux-mêmes. Forcés de se rendre à l'évidence, ils s'inclinèrent et abjurèrent leurs erreurs. Un des principaux chefs de la secte, Bonvillo, fit une abjuration publique et entraîna à sa suite un grand nombre de ses coreligionnaires.

Après cette victoire éclatante, le saint religieux ne prit pas un repos mérité; il parcourut les côtes de l'Illyrie, le littoral du golfe de Trieste, d'Aquilée à Venise, s'arrêta à Goritz, Udine, Gémona, Conegliano et en beaucoup d'autres cités. Partout il distribuait la bonne semence, et partout il ramenait au troupeau de Jésus-Christ des brebis qui s'étaient égarées.

Un dernier miracle couronna cette année 1227. C'était à Gémona. Saint Antoine dirigeait les travaux de construction d'un nouveau couvent qui venait de se fonder. Il le construisait sur le modèle de la Portioncule. Ayant des matériaux à transporter, il demanda la complaisance d'un paysan qui passait près du chantier, conduisant des bœufs attelés à une charrette. Le paysan, qui probablement ne voulait pas donner son concours au Père gratuitement, répondit d'un air narquois :

« Impossible, je transporte un mort. »

Il mentait. Le prétendu mort qui était dans la charrette était tout simplement son fils, qui dormait. Fier d'avoir fait cette farce au bon religieux, quand il eut dépassé le couvent, il voulut réveiller son fils pour la lui raconter. Mais le jeune homme était réellement mort. Épouvanté, terrifié par un pareil malheur, il comprit que Dieu venait de le punir pour s'être joué ainsi de son serviteur. Il courut vers le Père lui raconter sa douleur et lui demander pardon de l'offense qu'il lui avait faite. Le Père eut pitié de la douleur de ce paysan, se dirigea vers la charrette, prit le jeune homme par la main et lui ordonna de se lever. Le jeune homme se dressa aussitôt sur son séant et revint à la vie.

Le Père Antoine avait cependant hâte de se rendre à Padoue. Il arriva dans cette ville au commencement de 1228, c'est-à-dire presque à l'ouverture du carême.

A Padoue, l'hérésie avait fait peu de mal; par contre, le sensualisme et l'immoralité y régnaient absolument. Connaissant de réputation le Père Antoine, aus-

sitôt qu'il sut son arrivée, l'évêque le pria
de prêcher la station du carême. Le Père
accepta : il attaqua de front son ennemi;
il s'éleva avec force contre le vice d'immoralité qui faisait de tristes ravages dans
les familles. Et, pour corroborer ses enseignements, il sema des miracles à profusion : tantôt c'était un paralytique, tantôt une petite fille de quatre ans, épilep-
tique, qu'il guérissait. Un autre jour, une
dame qui se précipitait pour l'entendre,
alors qu'il prêchait en plein air, tombe
dans un fossé boueux. Elle se relève toute
souillée de fange. Elle n'ose rentrer chez
elle dans cet état : elle redoutait son mari,
qui était très violent. Elle va exposer son
embarras au Père, qui, d'un mot, rend
à la robe de la dame sa propreté première.
Une autre fois c'est une brave femme qui
désire beaucoup entendre la parole du
Père; mais, obligée de garder son mari,
qui est malade, elle est retenue à la maison. Dans son désir de l'entendre, elle

ouvre la fenêtre, tourne la tête du côté où elle pensait que le Père prêchait : ô merveille ! elle l'entend comme si elle se trouvait à côté de lui.

Voici un fait merveilleux entre tous :

Un nommé Léonard, de Padoue, va trouver le Père et s'accuse avec componction d'avoir battu sa mère et de lui avoir donné des coups de pied. Le Père lui dit :

« C'est fort mal ce que vous avez fait là. Celui qui donne des coups de pied à sa mère mérite d'avoir le pied coupé. »

Que fait cet homme? Il rentre chez lui et se coupe le pied. La mère, qui le voit dans cet état, va trouver le Père Antoine, qui arrive aussitôt et remet le pied à son pénitent sans qu'il reste la moindre cicatrice.

En présence de toutes ces merveilles, un enthousiasme immense régnait à Padoue. On ne parlait que des miracles accomplis par le grand saint. Aussi les conversions à Dieu furent-elles nombreuses et éclatantes.

Voici le récit de la conversion d'un brigand par les prédications du Père Antoine. Nous en empruntons la traduction à un de ses biographes :

« J'étais brigand de profession, affilié à une bande de voleurs. Nous étions douze, habitant les bois, détroussant les voyageurs et commettant toutes sortes de déprédations. La réputation de saint Antoine et le bruit de ses miracles parvinrent jusqu'au fond de nos forêts. On le comparait au prophète Élie. Nous résolûmes d'aller un jour nous cacher dans la foule pour nous rendre compte de la vérité de ces assertions. Pendant qu'il parlait, une autre voix, la voix du remords, retentissait au fond de nos consciences. Une lumière intérieure éclaira nos âmes et nous fit rougir de nous-mêmes. Après le sermon du bienheureux, nous allâmes tous les douze nous prosterner à ses pieds. Il nous donna l'absolution, mais en nous annonçant que si nous recommencions notre honteux métier, nous péririons dans d'affreux supplices. La prédiction s'accomplit. Quelques-uns d'entre nous sont retombés dans leurs criminelles habitudes ; saisis par la justice, ils ont été pendus. Les autres ont persévéré dans leurs généreuses résolutions, et ils se sont endormis dans la paix du Seigneur. Pour moi, continue toujours l'ancien brigand, saint Antoine m'avait imposé comme pénitence de faire douze fois le pèlerinage au tombeau des saints apôtres. J'accomplis mon douzième pèlerinage aujourd'hui, et je ne désespère pas, selon la promesse du thaumaturge et grâce à ses mérites, de le retrouver là-haut. »

Après sa station quadragésimale, l'infatigable apôtre prêcha une retraite aux religieuses clarisses.

Voulant retourner à Bologne, lieu de sa résidence, il s'arrêta à Ferrare, qui se

trouvait sur sa route; là encore il distribua avec abondance le pain de la parole
de Dieu. Dans cette ville aussi, il signala
son passage par un miracle éclatant.

Une dame de la haute société et fort
pieuse venait d'être mère. Sans qu'on
puisse l'expliquer, son mari refusa de
reconnaître l'enfant, accusant sa femme
d'adultère. La malheureuse épouse épuisa
tous les moyens de défense et de per-
suasion. Ce fut inutile. Après avoir longuement prié, elle eut l'inspiration de
recourir au Père Antoine; le saint religieux se rendit au domicile des époux
et écouta les deux partis. La vérité ne paraissait pas sortir de ces explications con-
tradictoires. Alors, levant les yeux au ciel,
puis prenant l'enfant tout emmaillotté
dans ses bras, — il n'avait que quelques
jours, — le bon religieux lui dit sur un
ton inspiré :

« Mon enfant, je t'adjure, au nom du
Dieu de la crèche, de déclarer publique-

ment, en termes nets et positifs, quel est l'auteur de tes jours. »

Aussitôt l'enfant, sans hésiter, tourne sa petite tête du côté de l'époux, et, d'une voix très distincte, prononça ces trois mots :

« Voici mon père. »

La démonstration fut concluante, et le bon religieux installa dans cette famille la paix, l'estime et l'affection.

Arrivé à Bologne, cédant aux sollicitations de ses frères, il leur donna son précieux manuscrit sur les psaumes, celui précisément qui lui fut volé, et auquel il attachait un grand prix. Les religieux le gardèrent longtemps comme une relique. Ce manuscrit fut découvert en 1757, par un Père capucin.

Au moment où il était loin de s'y attendre, le bon religieux reçut de son général, le Père Parenti, l'ordre de se rendre à Florence. Le Père Parenti aimait beaucoup Florence, qui était sa patrie. Il voyait avec peine sa ville natale déchirée et même ensanglantée par deux partis puissants. Il pensa que le Père Antoine seul était capable, par l'autorité de son nom et sa grande réputation de sainteté, de rétablir la paix. Dans sa lettre, il expliquait au provincial de Bologne le but de la mission qu'il lui confiait. Le saint religieux partit immédiatement. Il prêcha l'avent de 1228 et le carême de 1229. Sa mission fut fructueuse, tant pour le bien des âmes que pour le rétablissement de la paix.

Là encore, à Florence, il se passa une scène tragique qui fit une profonde impression.

On enterrait une des notabilités de la ville. Le Père fut invité à prendre la parole; il accepta. Il prit pour texte ces paroles : « Là où est votre trésor, là est aussi votre cœur. » Il s'arrête tout d'un coup dans son discours : il vient de lui être révélé que le défunt est dans l'enfer,

en punition de son usure et de ses exac-
tions. Le Père reprend gravement et len-
tement, et d'une voix lugubre dit :

« Ce riche est mort, et il est enseveli
dans les enfers! Allez, ouvrez son coffre-
fort, et vous y trouverez son cœur. »

En effet, on ouvrit le coffre-fort, et on
y trouva le cœur du défunt.

Pendant son séjour à Florence, préoc-
cupé continuellement du bien de ses
frères et de l'intérêt de son ordre, il visita Verceil, où il retrouva son ami l'abbé
de Saint-André; Varèze, où il fonda un
couvent, dans lequel il fit creuser le puits
traditionnel; il donna à ses eaux la vertu
de guérir les fièvres pernicieuses. Verceil
réclama le même privilège : il l'accorda.
De là il visita Brescia, Milan, Vérone et
bien d'autres résidences. Toutes ces excur-
sions conduisirent le saint au 25 mai 1230,
fête de la Translation de saint François.
Convoqué, comme tous les provinciaux,
les custodes et les gardiens, au chapitre

général d'Assise, le saint religieux s'y rendit.

Les fêtes eurent un éclat considérable. Nous n'en décrirons pas les divers incidents. Après les fêtes, se tint le chapitre général. Le Père Antoine déclina humblement toutes les fonctions importantes qu'on voulait lui confier. Il demanda à résider à Padoue, ce qui lui fut accordé.

# X

SAINT ANTOINE A PADOUE

A cette époque, Padoüe était écrasé et pliait sous le poids de l'odieuse tyrannie d'Ezzelino de Romano, gendre et lieutenant de Frédéric. Ce monstre faisait mourir de faim dans les prisons les victimes qu'il y avait entassées. Il avait ainsi terrorisé Vicence, Brescia, Vérone ; il les avait prises d'assaut et les avait livrées aux fureurs de ses soldats. Padoue était menacée du même sort. Déjà le cruel tyran s'était emparé du château de Fonté, aux portes de Padoue, et avait emmené en captivité plusieurs otages, parmi lesquels

Guillaume Tiso, un tout jeune homme, petit-fils du châtelain du Castel-Fonté et de Campo-San-Pietro.

Apprenant l'arrivée du Père Antoine parmi eux, les pauvres Padouans furent remplis d'espoir.

« Juste ciel ! se disaient-ils entre eux, le Père Antoine nous sauvera. »

Il n'y avait pas une heure que le bon religieux était descendu dans son couvent, qu'il reçut un très grand nombre de visites de gens qui venaient lui exposer leurs craintes. Le saint religieux ne perdit pas de temps. Dès le lendemain de son arrivée, il se rendit à Vérone, où résidait Ezzelino, et se fit introduire auprès de lui. Sans aucune précaution oratoire, il l'aborda en ces termes :

« Jusques à quand, tyran cruel, continueras-tu de verser le sang innocent ? Le glaive du Seigneur est suspendu au-dessus de ta tête, et son **jugement sera** terrible. »

Ezzelino se jeta aux genoux du Père et lui promit de s'amender. Ses gardes lui reprochèrent sa faiblesse; mais le tyran leur dit :

« Il me semblait voir sortir des jets de lumière des yeux de ce religieux; j'ai eu peur de l'enfer. »

Voyant que le tyran était terrassé du moins pour l'instant, le Père obtint de lui la restitution du Castel-Fonté et la libération de tous les captifs sans exception.

Les Padouans furent dans une joie délirante d'un si grand succès, obtenu si rapidement par le Père Antoine. Cependant le tyran, quelques jours après, voulut essayer d'un stratagème qui peut-être le délivrerait de ce religieux qui lui faisait la loi. Voici ce qu'il combina :

Il lui envoya une ambassade chargée de présents et donna à ses soldats les instructions suivantes :

« S'il accepte ces cadeaux, vous l'égor-

gerez séance tenante ; s'il refuse, vous ne
lui ferez aucun mal. »

Ces ambassadeurs d'une singulière es-
pèce s'acquittèrent avec art de leur mission. Arrivés devant le Père, ils le sa-
luèrent respectueusement, et, sur un ton
plein d'hypocrisie, ils lui dirent :

« C'est votre fils Ezzelino qui nous a
députés vers vous. Il se recommande in-
stamment à vos prières et vous con-
jure d'agréer les présents que nous vous
offrons, comme gage de son dévouement. »

Saint Antoine repoussa avec indigna-
tion ces offrandes, et les soldats s'éloi-
gnèrent, selon ce qu'avait dit Ezzelino.

Depuis le 5 février 1231 jusqu'à la Pentecôte, il ne cessa d'occuper successivement toutes les chaires de Padoue, pour
répandre la parole de Dieu. Après la Pentecôte, il demanda à son provincial, qui
la lui accorda immédiatement, la per-

mission de se retirer pendant quelque temps dans un ermitage, pour y reposer son corps et surtout pour se retremper dans la vie contemplative et méditative.

Pour trouver cette retraite, il s'adressa à don Tizo, auquel il avait fait restituer par Ezzelino ses terres de Fonté et de Campo-San-Pietro; il lui exposa son projet. Ensemble ils cherchèrent dans les vastes domaines la retraite désirée. Le bienheureux aperçut dans la profondeur du bois un noyer gigantesque, à la ramure vigoureuse, à l'ombrage épais. Il s'y dressa une cellule avec les branches entrelacées et s'y fixa avec les frères Luc Belludi et Roger.

Le 30 mai de cette même année, quinze jours avant sa mort, il eut une extase où lui fut révélé son très prochain départ pour le ciel; il en entrevit les splendeurs. Dans le moment le plus élevé de son extase il bénit Padoue :

« Sois bénie, ô Padoue! pour la beauté de ton site; sois bénie pour la richesse de ta campagne; sois bénie aussi pour la couronne d'honneur que le ciel te prépare en ce moment. »

# XI

Le 13 juin 1231, à midi, toujours à
l'ermitage aérien de Campo-San-Pietro,
le bienheureux prenait son repas. Tout
d'un coup il s'affaissa; ses compagnons
le soutinrent et l'étendirent par terre sur
un lit de sarments. Le Père reprit bientôt
connaissance; mais cette faiblesse fut
pour lui un avertissement. Il demanda à
être transporté immédiatement à Padoue.
On le transporta donc au couvent de
Padoue; mais sa faiblesse était si grande,
qu'on fut obligé de s'arrêter à un hôpital
à l'entrée de la ville. Cet hôpital était

dirigé par des Clarisses, qui avaient trois Franciscains pour aumôniers.

Là, quand il fut revenu un peu à lui, le saint religieux se confessa, reçut l'absolution, fit la sainte communion, et dans son action de grâces se mit à chanter d'une voix claire et harmonieuse son hymne de prédilection à la sainte Vierge : *O gloriosa Domina !* A un moment donné, ses yeux semblaient fixer un objet invisible.

« Que voyez-vous ? lui demanda un frère.

— Je vois mon Dieu. »

Cependant on lui conféra le sacrement de l'extrême-onction ; il répondit avec ferveur aux prières.

Une demi-heure après, l'âme du saint religieux monta au ciel. C'était un vendredi, le 13 juin 1231, un peu avant la tombée de la nuit ; le bienheureux avait trente-six ans.

La nouvelle de sa mort se répandit rapidement dans la ville et dans toute la

Église Saint-Antoine, à Padoue.

4*

région. Les manifestations de respect et de regrets furent nombreuses. Des groupes d'enfants parcouraient les rues de Padoue en criant :

« Le saint est mort! Saint Antoine est mort ! »

Peu d'instants après que son âme fut montée au ciel, saint Antoine apparut à son ami de Verceil et lui dit :

« J'ai laissé ma monture à Padoue, je m'en vais à la patrie. »

Et comme l'abbé souffrait d'un mal de gorge, le saint le toucha, le guérit et disparut.

Ses funérailles eurent un caractère particulier par leur solennité, par la foule qui accompagna son cortège et par la respectueuse émotion qui se manifesta sur tous les visages. Le podestat et les plus illustres citoyens de la ville portèrent le cercueil. L'évêque présida la cérémonie.

A mesure que le cortège funèbre s'avançait, il devenait de plus en plus triomphal; car sur son passage les aveugles, les sourds, les paralytiques qui s'y trouvaient étaient complètement guéris.

A propos de sa canonisation, qui eut lieu, chose très extraordinaire, un an après sa mort, voici ce que nous lisons dans un de ses historiens :

« La tombe de l'apôtre portugais était à peine fermée, qu'elle devenait un centre de pèlerinages, un foyer d'opérations miraculeuses si multipliées, que l'évêque songea immédiatement à solliciter du saint-siège les honneurs de la canonisation. Ce ne fut pas une médiocre consolation pour Grégoire IX, au milieu des épreuves dont son cœur était abreuvé, d'entendre le récit de vertus héroïques et de prodiges éclatants qui ressuscitaient toutes les merveilles de l'Église primitive. Il ordonna de commencer sans plus de délai les informations juridiques, et institua à cet effet deux commissions pontificales : l'une à Padoue, composée de l'évêque et deux dominicains; l'autre à Rome, dont faisait partie un cardinal français, Jean d'Abbeville, moine de Cluny, successivement abbé de Saint-Pierre d'Abbeville, archevêque de Besançon et évêque de Sabine.

« Au bout de six mois l'enquête était terminée; et moins d'un an après la mort du serviteur de Dieu, au milieu des fêtes de la Pentecôte, le 30 mai 1232, le docteur infaillible, alors à Spolète, promulguait solennellement le décret de canonisation. Le *Te Deum* fut ensuite chanté. Alors se produisit un fait merveilleux : pendant le chant de l'hymne de saint Ambroise, les cloches de Lisbonne, la ville natale du saint, se mirent d'elles-mêmes à sonner à toute volée. Les habitants furent surpris, et n'eurent l'explication du phénomène que deux mois après. »

Nous passerons très rapidement sur les miracles qui se produisirent par son intercession après sa mort. Tout ce que nous dirons, c'est qu'ils furent si nombreux, qu'on finit presque par ne plus pouvoir les compter.

Du haut du ciel il n'oublia pas ses parents. Sa sœur, doña Feliciana, était dans une cruelle angoisse au sujet d'un de ses fils qui dépérissait à vue d'œil; elle s'adressa à son frère, qui lui obtint immédiatement la guérison qu'elle demandait. Le neveu du grand saint jouit depuis d'une excellente santé.

Inutile de dire qu'à l'occasion de sa canonisation toutes les villes, tous les bourgs, tous les plus petits endroits où le saint avait passé dans sa vie, élevèrent à sa gloire un monument ou tout au moins donnèrent un témoignage durable de leur admiration et de leur respect.

Nous avons constaté qu'un grand réveil de dévotion à saint Antoine de Padoue se produisait, principalement en France, depuis quelques années. En voici l'origine :

Le mouvement est parti d'un modeste oratoire de Toulon.

« Une jeune fille de Toulon, dit l'historien auquel nous empruntons ces détails, M^lle Louise Bouffier, avait eu la pensée de se consacrer à Dieu; elle en fut empêchée par des devoirs de famille; alors elle consacra les quelques loisirs qu'elle avait à l'œuvre des Missions étrangères. Une faveur obtenue par l'intercession de saint Antoine éveilla dans son cœur un profond sentiment de reconnaissance. La statue du thaumaturge fut, ce jour-là même, érigée dans un angle de l'arrière-boutique de la Toulonnaise et présida aux labeurs de la petite ruche ouvrière. »

Le rayonnement de cette dévotion, parti de cette humble boutique, prit rapidement un grand développement, et voilà pourquoi saint Antoine de Padoue reçoit des hommages de toutes parts, et le saint des humbles n'y est pas indifférent, car il accorde de nombreuses grâces à ceux qui s'adressent à lui.

Un dernier mot à propos du pain de saint Antoine.

Quand on veut obtenir une faveur du « grand saint de l'univers », il est d'un usage fréquent de lui promettre un pain, ou deux, ou même plus, suivant ses moyens de fortune. Cette coutume est d'une naïveté charmante, qui complète la caractéristique du saint, qui s'est constitué le protecteur des humbles et par là même est devenu le plus populaire de tous les saints.

Voici quelle est l'origine de cet usage :

Une jeune fille amie de Louise Bouffier, et ayant comme elle une grande confiance dans le pouvoir de saint Antoine de Padoue auprès de Dieu, s'adressa à lui pour obtenir une grande grâce, et voici comment elle formula sa demande :

« Je donnerai un kilo de pain tous les jours de ma vie aux pauvres en votre nom, si vous corrigez mon parent, un tel, du vilain défaut que vous lui connaissez, et qui m'afflige depuis plus de vingt ans. »

Dès le jour même de la première demande, la jeune fille constata qu'elle était exaucée, et elle accomplit son vœu en donnant un kilo de pain aux pauvres tous les jours de sa vie.

Nous espérons que saint Antoine, qui se contentait d'une grotte et de branches d'arbres pour abri, voudra bien aussi se contenter du modeste récit que nous venons de faire de sa vie.

Qu'il nous bénisse tous, moi et vous qui venez de me lire, et qu'il nous fasse retrouver dans ce monde ou dans l'autre tous ceux, parents, amis et bienfaiteurs que nous avons perdus ou qui, égarés, vivent éloignés de nous.

FIN

# TABLE

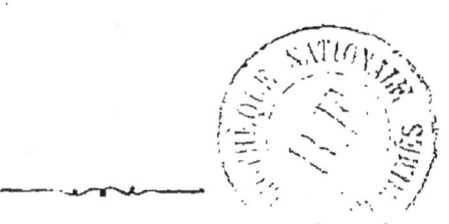

26426. — Tours, impr. Mame.

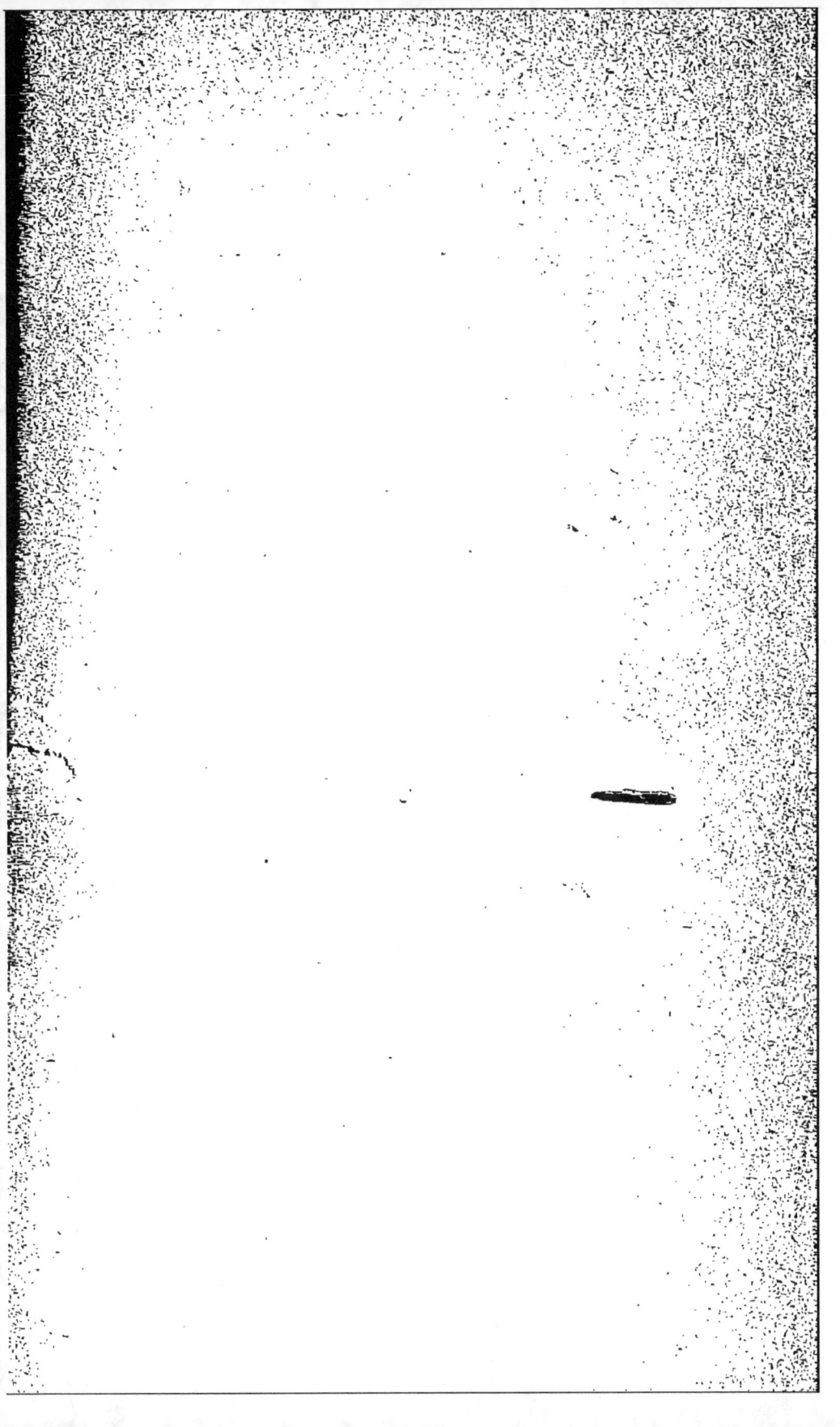

# FORMAT IN-12 — 3ᵉ SÉRIE

## BIBLIOTHÈQUE ÉDIFIANTE

ENFANTS DE LA BIBLE (les), par l'abbé Knell.
GROTTE DE LOURDES (histoire de la), par l'abbé A. Aubert.
JEUNES SAINTES (1ʳᵉ série), par M. l'abbé J. Knell, du diocèse de la Rochelle.
JEUNES SAINTES (2ᵉ série), par M. l'abbé J. Knell, du diocèse de la Rochelle.
LÉON XIII (histoire du Pape), racontée à la jeunesse, par l'abbé A. Aubert.
MARIE LECKZINSKA (vie de), par A.-B. de la Chaulne.
MERVEILLES DE PARAY-LE-MONIAL (les), par l'abbé A. Aubert.
MONTAGNE DE LA SALETTE (histoire de la), par l'abbé A. Aubert.
MORALE PRATIQUE, enseignée par l'exemple à la jeunesse française, par G. de Gérando.
NOTRE-SEIGNEUR JÉSUS-CHRIST (vie de), par M. l'abbé Verger.
SAINT ANTOINE DE PADOUE, par Joseph Boucard.
SAINT BENOIT (Vie et miracles de), par Joseph Boucard.
SAINT DOMINIQUE, par l'abbé Pradier.
SAINTE ÉLISABETH DE HONGRIE (histoire de), par D. S.
SAINT FRANÇOIS D'ASSISE, par M. l'abbé Verger.
SAINT FRANÇOIS DE PAULE, par M. l'abbé Pradier.
SAINT FRANÇOIS DE SALES, par Marsolier.
SAINT FRANÇOIS XAVIER (vie de), apôtre des Indes et du Japon.
SAINTE GENEVIÈVE, patronne de Paris (vie de), par D. S.
SAINT IGNACE DE LOYOLA (Vie de), par E. Peltier.
SAINT LOUIS, ROI DE FRANCE (histoire de), par de Bury.
SAINT LOUIS DE GONZAGUE (vie de), par le P. Virgile Ceprari, traduite par M. Galpin.
SAINT MARTIN, ÉVÊQUE DE TOURS (Histoire populaire de), par N. Cruchet et A.-H. Juteau.
SAINTS PATRONS DE L'AGRICULTURE (les), par le comte de Grimouard de Saint-Laurent.
SAINTS PATRONS DE L'ENFANCE (les), par le comte de Grimouard de Saint-Laurent.
SAINT PAUL, APOTRE DES GENTILS (histoire de), par D. S.
SAINT PIERRE, PRINCE DES APOTRES ET PREMIER PAPE, par M. l'abbé Janvier.
SAINTE THÉRÈSE, d'après les auteurs espagnols et les historiens contemporains, par M. de Villefore.
SAINT VINCENT DE PAUL, instituteur de la congrégation de la Mission et des Filles de la Charité, d'après M. Collet.
SANCTUAIRES DES PYRÉNÉES (les). Pèlerinages d'un catholique irlandais; traduit de l'anglais de Denys-Shyne Lawlor, esq., par Mᵐᵉ la Cᵗᵉˢˢᵉ L. de l'Écuyer.
SOUVENIRS DE CHARITÉ, par le comte de Falloux, de l'Académie française.
TRÈS SAINTE VIERGE (vie de la), par M. l'abbé Bourassé.
VIES DES SAINTS DE L'ATELIER (1ʳᵉ série).
VIES DES SAINTS DE L'ATELIER (2ᵉ série).
VISITES DES ANGES (les), traduit de l'anglais par W. Fitz-Gerald.

Tours. — Imprimerie Mame.